राजमहल की डरावनी आवाजें :-

600 वर्षों का इंतजार

-: लेखक :-

राकेश कुमार सिसोदिया

आभार

इस पुस्तक को लिखने में कई लोगों ने मेरी सहायता की है | मेरे मित्र बिना किसी अपवाद के मेरे प्रेरणास्रोत रहे हैं | वर्षों तक मेरे सहयोगी बने रहे हैं | मैं सदैव उनका शुक्रगुजार रहूँगा |

मैं अपने बड़े भ्राता कुंदन सिसोदिया को धन्यवाद देना चाहूँगा जिन्होंने इस पुस्तक का पुनरीक्षण करने में मेरी सहायता की है |

मैं अपने समस्त मित्रों और परिवार के सदस्यों को धन्यवाद देना चाहूँगा जिन्होंने मुझे इस लेखन कार्य हेतु सामर्थ्य प्रदान किया |

राकेश कुमार सिसोदिया

घटनाक्रम

-----------------------***-----------------------

पात्र परिचय -------

1. **स्मिथ** - 22 वर्ष का महाविद्यालय उत्तीर्ण एक लड़का जिसके पिता और स्वयं कोलोडो अनाथ आश्रम में रह चुके हैं। बहादुर, साहसी और जिज्ञासु।

2. **मैक्स** - 21 वर्ष का एक लड़का जो स्मिथ का पक्का मित्र, सुख और दुःख में हमेशा साथ निभाने वाला।

3. **लूसिफर** - 20 वर्ष की लड़की स्मिथ और मैक्स के महाविद्यालय की मित्र, बहादुर और जिज्ञासु।

4. **जॉन कार्लोस** - स्मिथ के पिता का वफादार साथी और स्मिथ का संरक्षक ।

5. **चिकित्सक लुईस** – सेंट विलकिंसन चिकित्सालय का मुख्य चिकित्सक और 600 वर्ष पूर्व के इल्बिनी राजवंश के राजवैद्य कैमोल का पुनर्जन्म।

6. **चर्च का मुख्य पादरी** - 600 वर्ष पूर्व के इल्बिनी राजवंश के राजकवि अरेका का पुनर्जन्म।

7. **रिचर्ड क्लासेन** – कोलोडो अनाथ आश्रम का मालिक और 600 वर्ष पूर्व के इल्बिनी राजवंश के राजा जॉन लेपाक के शरीर को धारण करने वाला, ईमानदार और गरीबों की सेवा करने वाला व्यक्ति।

8. **क्रिस ओलियो** - 600 वर्ष पूर्व के इल्बिनी राजवंश का मुख्य सेनापति । सत्ता का लालची , धोखेबाज और राजद्रोही व्यक्ति।

9. **कॉल हेलेक्स** - 600 वर्ष पूर्व के इल्बिनी राजवंश का एक उपसेनापति । चालाक, चतुर , धूर्त और क्रिस ओलियो का वफादार सेवक।

10. **रॉस रोशेल** - तंत्र विद्या विशेषज्ञ। समझदार, बहादुर, जनता का सेवक और जिज्ञासु व्यक्ति।

*** _________________________________ ***

राजमहल का रहस्य

अमावस्या की काली रात, सुनसान रास्ते, हवाओं को चीरती हुई डरावनी आवाजें, उल्लुओं के पँखों की फड़फड़ाने की आवाज़ें, शिकारी अपने शिकार पर लपकने को तैयार, पत्तो की सरसराहट और वे दोनों दोस्त उस मुश्किल रास्ते पर जा रहे हैं।

दोनों दोस्त सफर में आगे बढ़ते है और आपस में कुछ बातचीत होती हैं।

"इस खतरनाक सुनसान रात में हमारा इस तरह चलना कई हमारे लिए खतरा तो नहीं है" मैक्स पूछता है।

" नहीं मैक्स कुछ नही होगा" स्मिथ उत्साह से जवाब देता है। हम बहुत बहादुर है इससे पहले भी तो हमनें बहुत मुश्किलों का सामना किया है आज भी देख लेंगे।

वे दोनों दोस्त सुनसान रास्ते पर आगे बढ़ते हैं रात बहुत हो चुकी है, ठहरने के लिए एक जगह की तलाश करते है। वे इधर उधर अपनी नजर घुमाते हैं और कोई घर या कोई आश्रय स्थल खोजने की कोशिश करते है।

तभी उनको गहरे जंगल में एक पुराना राजमहल दिखाई देता है वे सोचते हैं।

"ठीक है मैक्स आज रात यहीं विश्राम करते है, तुम्हारा क्या विचार है" स्मिथ पूछता है।

चित्र – राजमहल, नेपल शहर

"हां स्मिथ यहीं ठीक रहेगा" मैक्स कहता है।

वे दोनों उस राजमहल की ओर चल पड़ते हैं। अभी उस राजमहल में कोई नही रहता है। वे दोनों गहरे जंगल में से होते हुए उस राजमहल के प्रवेश द्वार तक पहुंचते हैं और जैसे ही अंदर से बुलाने की आवाज देते है राजमहल का प्रवेश द्वार स्वतः ही खुल जाता है।

"यह क्या हो रहा है स्मिथ हमनें तो आवाज भी नहीं दी उससे पहले ही प्रवेश द्वार खुल गया" मैक्स आश्चर्य से कहता है।

"गजब हो गया यह हमारे लिए आश्चर्य की बात है, ठीक है अब हमें अंदर चलाना चाहिए रात गुजारने के लिए आखिर हमें जगह मिल ही गई "स्मिथ कहता है।

" शायद यह किसी राजा का राजमहल है देखो स्मिथ कितने सारे राजा और दरबारी गणों के चित्र बने हुए है।" मैक्स कहता है।

"सही कहा मैक्स शायद राजा चित्र का बहुत शौकीन होगा या फिर उसका डर चित्रकार को केवल उसके चित्र बनाने के लिए मजबूर किया होगा।" स्मिथ व्यंग्यपूर्ण बात करता है।

"हो सकता है।" मैक्स कहता है।

अब वे दोनों अपने लिए सोने की जगह की तलाश करते हैं और राजमहल के राजदरबार में पहुंचते हैं।

"यह जगह ठीक रहेगी हमारे लिए आज रात के विश्राम के लिए" स्मिथ कहता है और सोने की तैयारी करता है।

"मैक्स तुम वहां सो जाओ और मैं यहां पर"

"ठीक है स्मिथ अब हमें सो जाना चाहिए।" मैक्स इतना कहते ही सो जाता है।

एक घंटे के बाद अचानक से राजमहल में किसी के चलने की आवाज सुनाई देती है और पैरों की सरसराहट से दोनों की नींद खुल जाती हैं।

"क्या तुमने किसी के पैरों की आवाज सुनी मैक्स, कोई तो हमारे आस पास चल रहा था।" स्मिथ पूछता है।

"हां स्मिथ मैंने भी सुनी कोई तो हमारे आस पास था।" मैक्स डरते हुए कहता है।

"आओ पता लगाते है हमारे अलावा और कौन है इस राजमहल में।" स्मिथ उत्साह से कहता है।

वे दोनों अपनी जगह से उठते हैं और रात में उस आवाज को खोजने की कोशिश करते है, खोजते खोजते वे दोनों राजमहल के राजदरबार में पहुंच जाते हैं जहाँ आज भी राजा का सिंहासन और उसके दरबारी गणों के आसन सोने से मढ़े हुए हैं।

वे आश्चर्य व्यक्त करते हैं इतना सोना फिर भी यहाँ के लोग इनसे अनजान कैसे हैं।

शायद कोई तो राज है इसलिए यहाँ के लोग इस राजमहल से यह सोना नही ले गए।

"चलो आओ हम उस आवाज का पता लगाते है" स्मिथ कहता है।

अचानक ऊपर वाले कमरे से कुछ डरावनी आवाजें सुनाई देती हैं जैसे कोई दर्द से तड़प रहा हो।

"तुमने वह आवाज सुनी मैक्स ऊपर वाले कमरे से आ रही है" स्मिथ जोर से कहता है।

"हां स्मिथ मैंने भी वह आवाज सुनी ऊपर चलते और देखते ही माजरा क्या है।" मैक्स ऊपर की तरफ इशारा करते हुए कहता है।

वे दोनों ऊपर की तरफ जाते हैं सीढ़ियों पर चढ़ते समय राजा के अनेक चित्रों को वे देखते हैं और उनकी प्रशंसा करते हैं।

"क्या खूब चित्रकारी है राजा भी बड़ा शौकीन व्यक्ति था" मैक्स कहता है।

"लगता तो ऐसा ही है" स्मिथ हां में हां मिलाता है।

साथ साथ वे दोनों उस चित्रकार की भी बड़ी प्रशंसा करते हैं कितना हुनरमंद रहा होगा वो चित्रकार जिसने राजा को कितने अच्छे से बनाया।

थोड़ी देर में वे बंद दरवाजे तक पहुंच जाते हैं। अचानक उसमें से आवाजें बंद हो जाती है।

वे दोनों जोर देकर उस सदियों पुराने बंद दरवाजे को खोलने की कोशिश करते हैं थोड़ी मेहनत करने के बाद अंततः दरवाजा खुल जाता है, खुलते ही अंदर से चमगादड़ों का झुंड उड़ता हुआ बाहर निकलता हैं वे घबरा जाते हैं।

"केवल चमगादड़ ही तो है" स्मिथ कहता है परंतु वो रोने की आवाज तो इसी कमरे से आयी थी।

अंदर आओ देखते है, अंदर कौन है और वे दोनों कमरे में प्रवेश करते हैं।

"शायद यह राजा का शयन कक्ष होगा इसकी सजावट और बिस्तर से तो यहीं लगता है" मैक्स अनुमान लगाता है।

"हो सकता है मैक्स परंतु कुछ तो अजीब है वो आवाजें" स्मिथ कहता है।

"शायद नींद में हमें कोई भ्रम हुआ होगा" मैक्स कहता है।

"नहीं नहीं एक साथ दोनो को भ्रम नहीं हो सकता हैं" स्मिथ घटना की ओर इशारा करता है।

इस राजमहल का कोई न कोई तो राज जरूर है "हमारे कान हमें धोखा नहीं दे सकते, आवाजें तो जरूर यहीं से आई थी"

"चलो यहाँ से चलते है" मैक्स सुझाव देता है।

दो घंटे बाद रात के एक बजे

"हमनें पूरा राजमहल देख लिया परंतु ऐसा कोई व्यक्ति नहीं मिला जो दर्द से तड़प रहा हो" स्मिथ कहता है।

"शायद हमें देख कर भाग गया होगा।" मैक्स अनुमान लगाता है।

"ऐसा नहीं हो सकता है।" स्मिथ आशंका व्यक्त करता है।

"या फिर कोई भूत प्रेत तो नहीं, कहीं राजा का भूत तो नहीं" मैक्स हंसते हुए कहता है।

अचानक एक बार फिर उनको दर्द से तड़पते हुए व्यक्ति की आवाज सुनाई देती है वे सहम जाते हैं। इस बार वो आवाज किसी ओर कमरे से आ रही थी।

"बार बार ऐसी आवाजें आना कुछ तो राज है मैक्स" स्मिथ कहता है।

"हां स्मिथ निश्चित रूप से कोई तो मामला है " मैक्स हामी भरता है।

"हमनें पूरा राजमहल घूम लिया परंतु तुमनें एक बात का ध्यान दिया" स्मिथ आश्चर्य से कहता है।

"क्या" मैक्स पूछता है।

"इस पूरे राजमहल में कहीं भी महारानी का चित्र नहीं है, यह बात मुझे बड़ी ही आश्चर्य वाली प्रतीत होती है।" स्मिथ कहता है।

"हां स्मिथ इतने महान और खूबसूरत राजा के साथ उनकी महारानी का चित्र क्यों नहीं है " मैक्स सोचता है।

यह बात सोचने वाली है। इतना सोचते सोचते उन्हें ध्यान आता है यह कहीं महारानी का भूत तो नहीं। कहीं हम किसी मुसीबत में नहीं फस जाए हमें चलना चाहिए।

"रात खूब हो गई है अब यहां से चलते है सुबह तक हमें यह रास्ता पार करके अपने घर भी जाना है" स्मिथ आगे बढ़ने का इशारा करते हुए कहता है।

"चलो स्मिथ चलते है" मैक्स कहता है।

वे दोनों उस रात उस राजमहल को छोड़कर आगे चल पड़ते हैं परंतु वे नहीं जानते | वे अपने साथ किसको लेकर चले गए।

और अगली सुबह वे दोनों अपने अपने घर पर पहुंच जाते हैं। कुछ दिनों तक उनको राजमहल की आवाजें याद आती हैं और वे दोनों सहम जाते हैं। आखिरकार वे इसे एक रात का बुरा सपना समझ कर भूल जाने की कोशिश करते हैं।

चर्च में अजीब घटना

राजमहल से वापसी के कुछ दिन बाद वे दोनों अपने दैनिक दिनचर्या के अनुसार एक दिन प्रार्थना करने के लिए शहर के प्रमुख चर्च में जाते हैं।

"आज हम मुख्य पादरी से अपने मन के इन झंझावतों के बारे में बात करेंगे" स्मिथ कहता है। और वे चर्च के लिए चल पड़ते हैं।

"हां स्मिथ उस राजमहल से जब से लौट के आए है तब से कुछ अजीब से अनुभव हो रहे है।" मैक्स चिंतापूर्ण मन से कहता है।

उस दिन का मौसम हवाएं तेज चल रही हैं और हल्की हल्की बारिश की बूंदे भी गिर रही हैं कुछ लोग सुबह अपने रोजमर्रा के कार्य में व्यस्त हैं और कुछ लोग टहल रहे हैं।

"कितना सुहाना दिन है आज का है ना स्मिथ" मैक्स कहता है।

"जरूर आज कुछ अच्छा होने वाला है" स्मिथ कहता है।

देखते है ईश्वर हमारे लिए क्या अच्छा करता है और वे दोनों बातें करते हुए चर्च के मुख्य प्रवेश द्वार पर पहुंचते हैं।

अचानक से स्मिथ को एक झटका महसूस होता है और स्मिथ वहीं प्रवेश द्वार पर गिर जाता है।

"स्मिथ स्मिथ क्या हुआ तुम ठीक तो हो, उठो यहाँ से अंदर चलते है" मैक्स कहता है।

चित्र – शहर का चर्च |

इतनी देर में बहुत सारे लोग वहां इकट्ठे हो जाते हैं और स्मिथ का हाल पूछने लगते है।

"नहीं मैक्स मेरे पांव अंदर की तरफ नहीं बढ़ रहे है ऐसा लग रहा है मुझे कोई पीछे खींच रहा है" स्मिथ दर्द भरी आवाज में कहता है। शायद ऐसा लग रहा है ईश्वर हमारें पापों के कारण हमें अंदर नहीं आने देगा।

"ऐसा नहीं है स्मिथ ईश्वर अपने सेवकों को कभी भी अपने पास आने से नहीं रोकता वह तो सर्वकालिक है, परमपिता परमेश्वर है, जो हम सबकी रक्षा करते है। वो अपने भक्तों को क्यों रोकेगा भला।" मैक्स स्मिथ को समझाता है।

"फिर कोई और बात है मैक्स आज से पहले ऐसा मेरे साथ कभी नहीं हुआ, अचानक यह अजीब घटना मेरे साथ ही क्यों" स्मिथ करुण पुकार करता हुआ कहता है।

और स्मिथ का दर्द अचानक बढ़ने लगता है और वह दर्द से कराह उठता है। अचनाक उसके व्यवहार और शरीर में परिवर्तन होने लगता है और स्मिथ को खून की उल्टियां होने लगती है फिर वह बेहोश होकर गिर पड़ता है।

"हे परमपिता परमेश्वर यह क्या हो रहा है मेरे मित्र पर रहम कर और हमारें पापों को क्षमा कर देना" मैक्स ईश्वर से प्रार्थना करता है। और चर्च का मुख्य पादरी उन बच्चों की यह हालात देखकर ईश्वर से उनके सकुशल होने की प्रार्थना शुरू करता है।

इतने में अस्पताल की गाड़ी आ जाती है और मैक्स बेहोश स्मिथ को गाड़ी में बैठाकर नजदीकी अस्पताल ले जाता है।

वे दोनों हमेशा एक दूसरे के साथ रहते, एक दूसरे का हमसाया बनकर । उनके बीच की दोस्ती एक मिशाल है उस शहर के लिए। आज एक दोस्त के हाल पर दूसरे दोस्त की बेचैनी सभी उपस्थित लोग महसूस कर रहे हैं और स्मिथ के जल्दी ठीक होने की ईश्वर से प्रार्थना भी कर रहे हैं ताकि उनकी दोस्ती सदियों चलती रहे और जीवन के हर मोड़ पर एक दूसरे का साथ देते रहे।

गाड़ी अस्पताल पहुंचती है बेहोश स्मिथ को उतारा जाता है और सीधे आपातकाल कमरे में ले जाया जाता है मैक्स बाहर उसका दुखी मन से इंतजार करता है।

थोड़ी देर बाद एक सभ्य अपनी व्यक्ति पत्नी के साथ वहां प्रवेश करता है। देखने से वो एक अमीर व्यक्ति नजर आ रहा है।

"स्मिथ की हालत कैसी है कोई गंभीर बीमारी तो नहीं है उसको" वह व्यक्ति मैक्स से पूछता है।

"नहीं चिकित्सक ने कहा है ठीक हो जायेगा, आपका परिचय महोदय " मैक्स पूछता है।

"मैं कोलोडो अनाथ आश्रम का मालिक हूं, स्मिथ और स्मिथ के पिता का बचपन वहीं पर गुजरा था। हम आज स्मिथ से मिलने आए हैं।

"तुम कौन हो बच्चे" कोलोडो अनाथ आश्रम का मालिक पूछता है।

मैं मैक्स, स्मिथ का दोस्त हूं हम महाविद्यालय में साथ पढ़ते थे और अभी भी साथ है" मैक्स अपना परिचय देता है।

"अच्छा है स्मिथ का कोई दोस्त तो है" कोलोडो अनाथ आश्रम का मालिक कहता है।

"आपने ऐसा क्यों कहा" मैक्स पूछता है।

"बस ऐसे ही" कोलोडो अनाथ आश्रम का मालिक कहता है।

"नहीं नहीं कोई तो बात है जो आप मुझसे छुपा रहे है" मैक्स प्रश्नचिन्ह मुद्रा में पूछता है।

"यह उसके बचपन की कहानी है कभी और दिन मैं आपको बताऊंगा, अभी के लिए इतना ही और मैक्स आप उसका ध्यान रखना"

" और यह कहना की रिचर्ड क्लासेन आए थे, आपसे मिलने के लिए"

"अच्छा तो आपका नाम रिचर्ड क्लासेन है, मैं आपका संदेश स्मिथ तक पहुंचा दूंगा" मैक्स कहता है।

"स्मिथ और अपना ध्यान रखना मैक्स अब हम चलते है" रिचर्ड क्लासेन और उनकी पत्नी वहां से चले जाते है।

वे आपस में बात करते हैं "जब हमारे पास आया केवल चार वर्ष का था और एक घटना ने सारा जीवन बदल दिया"

"हां तुम सही कह रही हो" और थोड़ी देर बाद वे दोनों अस्पताल से चले जाते हैं।

चिकित्सक स्मिथ का उपचार करता है और कुछ दिन के लिए आराम करने की सलाह देता है। स्मिथ को अस्पताल से छुट्टी मिल जाती है। मैक्स स्मिथ को लेकर घर आ जाता है और

कार्लोस को स्मिथ की दवाइयों के बारे में समझा देता है फिर मिलने का वादा करके अपने घर को लौट आता है।

कार्लोस, स्मिथ का संरक्षक स्मिथ के अंदर कुछ अजीब हरकतों को महसूस करता है परंतु अपने मालिक की बदनामी के डर से चुप रहता है और धीरे धीरे स्मिथ की यह हरकतें बढ़ती जाती है।

और उस रात की बात है।

उस रात की कहानी

उस रात कार्लोस स्मिथ को भोजन और दवा देकर अपने कमरे में सोने चला गया। कुछ समय बाद स्मिथ भी गहरी नींद में सो जाता है।

रात 12 बजे अचानक दरवाजे के खुलने की आवाज सुनाई देती है, पर्दे हवा में उड़ने लगते हैं पक्षी आकाश में शोर करते हुए मंडराने लगते हैं और बाहर एक तूफान किसी का इंतजार करता है तभी स्मिथ के कमरे की खिड़की जोर से खुलती है और एक साया उसके कमरे में प्रवेश करता हुआ प्रतीत होता है।

इस शोर से स्मिथ की नींद खुल जाती है।

"कौन है वहां, कौन है" स्मिथ चिल्लाता है।

अचानक से पर्दे उसकी तरफ बढ़ने लगते हैं और उसका बिस्तर हवा में झूलने लगता है। वो घबरा जाता है और जोर से चिल्लाता है। तभी एक काली परछाई उसकी छत पर बनती है और एक दम से उसकी तरफ लपकती है और गायब हो जाती है। स्मिथ घबरा कर चिल्लाने लगता है।

इस शोर को सुन कर कार्लोस स्मिथ के कमरे में आता है।

"क्या हुआ छोटे साहब आप ठीक तो है"

स्मिथ घबराते हुए कहता है " वो .... वो काली परछाई, वो पर्दा यह सब जिंदा हो गए और मुझे मारना चाहते है, मुझे बचा लो कार्लोस"

चित्र – स्मिथ के कमरे में प्रेत आत्मा।

"छोटे साहब वहां तो कोई नहीं है शायद आपने कोई बुरा सपना देखा होगा, आप पानी लीजिए और आराम से बैठिए मैं पूरा घर देखकर आता हूं" कार्लोस कहता है।

कुछ देर बाद कार्लोस पूरा घर देखकर आता है उसको घर में और बाहर कुछ नहीं मिलता है।

"कोई नहीं है छोटे साहब शायद आपको कोई भ्रम हुआ है आप आराम से सो जाए" कार्लोस यह कहता है और अपने कमरे में चला जाता है।

इस घटना के दो घंटे बाद

अचानक स्मिथ अपने बिस्तर से खड़ा होता है उसके बाल बिखरें हुए, आंखें नीली, नाक और मुंह से खून बह रहा है। वो सीधा वहां से भागते हुए भंडार कक्ष में जाता है और वहां से एक फावड़ा उठाता है और भागते हुए अपने घर से बाहर निकल जाता है। घर से निकलने के बाद शहर के कब्रिस्तान में पहुंच जाता है।

इस समय कब्रिस्तान सुनसान और डरवाना प्रतीत होता है। हाथ में फावड़ा लिए स्मिथ एक कब्र को खोजता है इसके लिए स्मिथ पूरा कब्रिस्तान का चक्कर लगाता है अतंत उस को वह कब्र मिल ही जाती है। वो उस कब्र को फावड़े से खोदना प्रारंभ करता है।

जैसे ही वह कब्र को खोदना प्रारंभ करता है कब्र में एक आवाज सुनाई देती है।

चित्र – स्मिथ कब्रिस्तान में कब्र खोदते हुए।

"आखिर तुम आ ही गए | मैंने तुम्हारा सदियों - सदियों इंतजार किया है | कहां चले गए थे तुम, अब जल्दी से इस कब्र को खोद दो और मुझे इस कब्र से आजाद करो।"

"जो हुक्म मेरे मालिक, कुछ देर और फिर आप आजाद हो जायेंगे" स्मिथ कहता है और तेज गति से कब्र को खोदना शुरू करता है।

रात के तीन बजे स्मिथ कब्र को खोद रहा है अचानक से तेज तूफान चलने लगता है, बारिश शुरू हो जाती है, आकाश में तेज बिजली कड़कने लगती है, सारे पक्षी हवा में मंडराने लगते हैं और एक साथ सभी कब्रें आवाजें करने लगती हैं |

"हमारे मालिक आजाद हो गए,

हमारे मालिक आजाद हो गए।"

स्मिथ ने पूरी रात कब्र को खोद कर अपने मालिक को आजाद कर दिया। कब्र से निकली आत्मा अपने साथी आत्माओं के साथ वहां से चली गई।

सुबह छह बजे का समय

"छोटे साहब चाय नाश्ता तैयार है, आप जल्दी नीचे आइए" कार्लोस छोटे साहब को आवाज लगाता है।

ऊपर से कोई आवाज नहीं आती है कार्लोस दुबारा आवाज लगाता है परंतु इस बार भी कोई आवाज नहीं आती है।

चित्र – शैतानी प्रेत आत्मा कब्र से आजाद होती हुई।

"मैं स्वयं देखकर आता हूँ छोटे साहब क्या कर रहे है" कार्लोस स्वयं ऊपर जाकर देखता है, छोटे साहब अपने बिस्तर पर नहीं है।

कार्लोस आवाज देता है " छोटे साहब आप कहां है" कोई जवाब नहीं आता है।

कार्लोस छोटे साहब को खोजने के लिए पूरा घर देखता है परंतु छोटे साहब का कोई पता नहीं।

"क्या पता छोटे साहब इतनी सुबह कहाँ चले गए" कार्लोस बुदबुदाता है।

"इससे पहले तो ऐसा कभी नहीं गए, बाहर देखता हूं"

कार्लोस घर के बाहर निकलता है और इतने में उसे एक शोर सुनाई देता है ।

"कब्रिस्तान में एक आदमी बेहोश पड़ा है, क्या पता कौन है।"

कार्लोस सोचता है "शायद छोटे साहब तो नहीं" वह घर से सीधा भागता हुआ कब्रिस्तान पहुंचता है और बेहोश व्यक्ति को गौर से देखता है।

"छोटे साहब आप यहां कैसे आए, चलिए उठिए यहां से चलते है आप ठीक तो है" कार्लोस स्मिथ को कंधे के सहारे उठाते हुए पूछता है।

कुछ देर बाद स्मिथ को होश आ जाता है। " मैं कब्रिस्तान कैसे पहुंच गया कार्लोस" स्मिथ पूछता है।

"मैं भी यहीं जानना चाहता हूं छोटे साहब आप यहां कैसे आ गए, आप ठीक तो है। चलिए छोटे साहब आप पहले घर चलिए फिर इसका भी पता करते है" कार्लोस स्मिथ को अपने साथ घर तक लेकर आता है।

"आप आराम कीजिए मैं आपके लिए गर्म पानी का इंतजाम करता हूं।"

स्मिथ सोचता है " मैं कब्रिस्तान में कैसे पहुंच गया"

सोचते सोचते स्मिथ की आंख लग जाती है और वह गहरी नींद में चला जाता है।

अस्पताल खौफ के साये में

दोपहर के दो बजे स्मिथ की नींद खुलती है उसका शरीर दर्द से कराह रहा है और उसको स्मिथ तेज बुखार से तड़प रहा है।

"छोटे साहब आप जाग गए, अभी मैं आपको अस्पताल लेकर चलता हूं" कार्लोस कहता है।

"आप उठिए छोटे साहब आपका शरीर तो बुखार से तप रहा है, जल्दी कीजिए"

कार्लोस स्मिथ को लेकर नीचे आता है और जल्दी से गाड़ी में बैठाकर सेंट विलकिंसन अस्पताल ले जाता है।

" चिकित्सक लुईस आप जल्दी से छोटे साहब को देखिए, कितना तेज बुखार और दर्द हो रहा है" कार्लोस कहता है।

चिकित्सक लुईस स्मिथ की नब्ज की जांच करता है और कहता है "ठीक है इसे मेरे कक्ष में लेकर आओ, आप चिंता न करे स्मिथ को कुछ नहीं होगा"

चिकित्सक लुईस के कक्ष में कुछ देर बाद एक जोर से आवाज सुनाई देती है" पहले अपना इलाज कर, फिर बाद में मेरा करना क्या तुम नहीं जानते मैं कौन हूं " इतना कहते ही स्मिथ का सिर घूम जाता है, उसकी आंखें नीली पड़ जाती है और शरीर आधा हवा में उड़ने लगता है।

"कौन हो तुम - कौन हो तुम, तुम कोई मनुष्य तो नहीं लगते" लुईस घबरा कर पूछता है।

चित्र – स्मिथ अस्पताल में, प्रेत आत्मा के कब्जे में।

स्मिथ जोर से हंसता है और कहता है "तुम मुझे नहीं जानते तो फिर उस दिन की बात याद कर जब आज से 600 वर्ष पूर्व मेरे मालिक क्रिस ओलियो की शिकायत राजा से की थी और मेरे मालिक को मारने के लिए एक जहरीली जड़ी बूटी राजा को दी थी क्या यह सब भूल गए।

"आज से 600 वर्ष पूर्व तुम ने जो गलती की वह आज मौत बनकर तुम्हारें सामने खड़ी है।

स्मिथ कहता है "चिकित्सक लुईस तुम्हारी मौत तो निश्चित है अपने आप को बचा सकते हो तो बचा लो" और इतना कहते ही स्मिथ वापस एक बार बेहोश हो जाता है।

चिकित्सक लुईस घबरा जाता है और भागते हुए सीधे अपने घर पहुंचता है।

लुईस की पत्नी पूछती है "क्या हुआ इतना घबराए हुए क्यों हो, क्या बात है... बैठो मैं पानी लेकर आती हूं।

पानी पीते हुए चिकित्सक लुईस की नाक से खून निकलने लगता है।

"खून" लुईस की पत्नी चिल्लाती है।

लुईस भागता हुआ स्नानागार कक्ष में जाता है और अपना चेहरा देखता है उसके नाक से खून निकला रहा है।

"यह क्या हो रहा है मेरे साथ, हे परमपिता परमेश्वर मेरी रक्षा कर और मेरे पापों को क्षमा कर देना" लुईस जोर से चिल्लाता है। इतने में उसकी पत्नी वहां पर आ जाती है। "क्या हुआ सब ठीक तो है।"

"वह लौटकर आ गया अब हम नहीं बचेंगे" लुईस रोते हुए कहता है।

"कौन आ गया" उसकी पत्नी पूछती है।

"मेरे पूर्व के जन्मों में मैनें एक व्यक्ति को मारने के लिए राजा को एक जहरीली जड़ी बूटी दी थी और उसकी शिकायत राजा से की थी। शायद उसी की आत्मा इस जन्म में हमसे बदला लेने आई है। यह बात उस शाही ग्रंथ में भी लिखी हुई है। लुईस कहता है।

"परंतु वह व्यक्ति तुम ही हो यह कैसे कह सकते हो" लुईस की पत्नी पूछती है।

"जब मेरा जन्म हुआ तब एक ज्योतिष ने कहां था यह बच्चा किसी शाही खानदान से संबंध रखता था और एक विद्वान राजवैद्य था उसी का पुनर्जन्म हुआ है और मेरे कान के पीछे एक शाही चिन्ह भी था जो अब मिट गया है।" इससे यह सिद्ध होता है की वह व्यक्ति मैं ही था।

"अब इस शहर का विनाश निश्चित है, वह आत्मा चुन चुन कर अपना बदला पूरा करेगी। वह आत्मा स्मिथ के शरीर का इस्तेमाल करके मुझ तक पहुंच गई" लुईस घबराते हुए कहता है।

इतना कहते ही चिकित्सक लुईस का शरीर अकड़ने लगता है, मुंह से खून निकलने लगता है और देखते ही देखते पूरा शरीर नीला पड़ गया ।

"यह क्या हो रहा है आपको" लुईस की पत्नी कहती है।

इतने में चिकित्सक लुईस खाक में बदल गया। और लुईस के मौत की खबर पूरे शहर में फैल गई। सेंट विलकिंसन के चिकित्सक और लोग अब खौफ में जीने लगे और सोचने लगे यह कैसे हो गया। क्या पता हमारे साथ भी हो सकता है।

कार्लोस स्मिथ की दवा लेकर वापस अपने घर पर आ गया। इस घटना से वह आश्चर्यचकित रह गया और सोचने लगा वास्तव में यह मामला क्या है।

"छोटे साहब अचानक अजीब व्यवहार करते है और फिर बेहोश होकर गिर पड़ते है। शायद छोटे साहब किसी तंत्र विद्या के शिकार तो नहीं हो गए। कार्लोस यह सब सोचता है।

फिर कार्लोस स्मिथ को अपने कमरे में लेकर जाता है और खाना और दवा देकर सुला देता है।

प्रेत-आत्मा से सामना

अगले दिन सुबह कार्लोस छोटे साहब के इस अजीब व्यवहार के कारण कुछ परेशान हो गया और वह सोचने लगा यकायक उसके मन में एक विचार आया "शायद छोटे साहब किसी प्रेतात्मा के कब्जे में तो नहीं"

"नहीं नहीं ऐसा नहीं हो सकता है छोटे साहब तो ऐसे किसी भी स्थान पर नहीं गए जहां पर प्रेतात्मा का साया हो, फिर कोई तो बात है। इस शंका का समाधान के लिए मुझे छोटे साहब को किसी तंत्र विद्या विशेषज्ञ के पास लेकर जाना होगा।"

सुबह के 9 बजे " छोटे साहब आप तैयार हो जाइए हमें कहीं बाहर जाना है और आपका नाश्ता भी तैयार है" कार्लोस छोटे साहब को पुकारता है और जाने की तैयारी करता है

स्मिथ अपने कक्ष से तैयार होकर नीचे आता है "कार्लोस आप कहां हो मुझे आपसे कुछ बात करनी है"

"जी छोटे साहब मैं यहां हूं अभी आता हूं आप नाश्ता कर लीजिए " कार्लोस दूर से ही कहता है।

कुछ देर बाद कार्लोस स्मिथ के पास पहुंचता है "हां छोटे साहब बोलो क्या बात करनी है"

इतने में बाहर से दरवाजे पर कोई दस्तक देता है "अभी इतनी सुबह कौन आया है" स्मिथ कहता है।

कार्लोस दरवाजा खोलता है "जी आप कौन"

इतने में अंदर से स्मिथ चिल्लाता है "लूसिफर तुम, आओ अंदर आओ, आज यहां कैसे आना हुआ"

"मैं तुमसे मिलने आई हूं महाविद्यालय के बाद तुमसे मिलना ही नहीं हुआ, कल तुम्हारें बारे में किसी से सुना की तुम कब्रिस्तान में बेहोश पड़े मिले, तो मुझसे रहा नहीं गया और मैं तुमसे मिलने आ गई"

स्मिथ कहता है "बहुत अच्छा किया जो तुम आ गई, वैसे भी आजकल मैं बहुत परेशान हूं"

"आओ नाश्ते का समय हो गया है साथ में करते है बहुत दिन बाद एक साथ फिर नाश्ता कर रहे है"

कार्लोस पूछता है "आप एक दूसरे को जानते हो"

"हम महाविद्यालय में एक साथ ही पढ़ते थे और अच्छे मित्र भी है" स्मिथ थोड़ा हंसते हुए कहता है।

"पढाई पूरी होने के बाद यह अपने रास्ते और मैं अपने रास्ते, है ना लूसिफर"

"हां कुछ ऐसा ही था" लूसिफर कहती है।

"जल्दी करो छोटे साहब हमें कहीं बाहर भी जाना है" कार्लोस कहता है।

"आप कहीं बाहर जा रहे हो स्मिथ मैं भी साथ चलती हूं" लूसिफर उत्साहपूर्वक पूछती है।

"हां साथ में आ जाना कार्लोस लेकर चलेंगे" स्मिथ कहता है।

"लूसिफर आप यहीं रुको वहां थोड़ा खतरा है" कार्लोस समझाता है।

"चलने दो कार्लोस यह बड़ी जिद्दी है " स्मिथ हंसते हुए कहता है।

"छोटे साहब परंतु यह तो अपना व्यक्तिगत काम है लूसिफर वहां क्या करेगी" कार्लोस थोड़ा नाराज होते हुए कहता है।

समय सुबह के 11 बजे

तीनों स्मिथ के घर से गाड़ी में बैठकर क्रिस्टन शहर की और रवाना होते हैं। जैसे ही शहर से बाहर निकलते है रास्ते के मोड़ पर मैक्स मिल जाता है । वहा सड़क के किनारे टहल रहा था।

"मैक्स...... मैक्स तुम यहां क्या कर रहे हो" स्मिथ गाड़ी में से जोर से चिल्लाता है।

मैक्स भागते हुए गाड़ी के पास आता है "आओ अंदर आ जाओ फिर बात करते है" स्मिथ कहता है।

और फिर गाड़ी क्रिस्टन शहर की और जा रही है।

"तुम वहां क्या कर रहे थे मैक्स" स्मिथ पूछता है।

"मैं अपने शहर की और जा रहा था गाड़ी वाले ने बीच में ही उतार दिया, किसी दूसरी गाड़ी का इंतजार कर रहा था" मैक्स बताता है।

"लूसिफर तुम भी साथ हो, बड़े दिनों के बाद दिखाई दी कैसी हो तुम" मैक्स लूसिफर का हाल पूछता है।

"अब तुम्हें तो कोई याद आता नहीं इसलिए मैं ही चली आई तुमसे मिलने" लूसिफर कहती है। तीनों जोर से हंसते हैं।

अचानक एक सुनसान सड़क पर गाड़ी रुक जाती है।

"क्या हुआ कार्लोस गाड़ी कैसे रोक दी" स्मिथ पूछता है।

"पता नहीं छोटे साहब अचानक कैसे रुक गई" कार्लोस घबराते हुए कहता है।

कार्लोस को समझ आ गया कुछ तो अजीब है हमें जल्दी चलाना होगा। कार्लोस गाड़ी को वापस रवाना करता है और कुछ समय पश्चात वे सभी क्रिस्टन शहर पहुंच जाते हैं।

"कार्लोस हम इस शहर में क्यों आए है" स्मिथ आश्चर्य से पूछता है।

"हम सभी की भलाई के लिए" कार्लोस बात को घुमाते हुए जवाब देता है।

फिर कार्लोस तंत्र विद्या विशेषज्ञ रॉस रॉशेल का पता पूछता है और फिर कुछ समय के बाद वे सब रॉस रॉशेल के घर पहुंच जाते हैं।

"सब ठीक तो है स्मिथ हम तंत्र विद्या विशेषज्ञ रॉस रॉशेल के घर क्यों आए है" लूसिफर आश्चर्य से पूछती है।

"यह तो केवल कार्लोस जानता है" स्मिथ कहता है।

छोटे साहब आप तो बस एक बार वहां चलिए सब पता चल जायेगा" कार्लोस थोड़े डरते हुए कहता है।

चारों गाड़ी से उतर कर रॉस रॉशेल के घर के दरवाजे तक पहुंचते हैं।

"यह आईने क्यों दरक रहे हैं, मोमबत्तियां क्यों फड़फड़ा रही हैं, यह पर्दे हवा में झूलने लग गए। दरवाजे पर ऐसा कौन है" रॉस रॉशेल अपने तंत्र विद्या कक्ष में यह घटनाएं देखकर सोचता है।

"ऐसा कौन आ गया दरवाजे पर, जरूर कोई तो खतरा है"

इतने में दरवाजे के खटखटाने की आवाज आती है। रॉस रॉशेल दरवाजे पर आता है और जैसे ही दरवाजा खोलता है स्मिथ के अंदर एक सैनिक की प्रेतात्मा दिखाई देती है। रॉस रॉशेल उन घटनाओं का कारण समझ जाता है।

"आप यहीं रुकिए मैं अपनी पवित्र किताब और पवित्र जल लेकर आता हूं" रॉस रॉशेल अंदर जाता है और सोचता है।

"यह सैनिक तो इल्बिनी राजवंश का है जो आज से 600 वर्ष पूर्व हुआ था उसकी लाल टोपी से उसकी पहचान होती है फिर आज यह मेरे द्वार पर कैसे दिखाई दिया। यह लड़का जो मेरे दरवाजे पर खड़ा है शायद वह उसके कब्जे में है।

"हे परमपिता परमेश्वर रक्षा करना" रॉस रॉशेल मंत्र पढ़ता है और पवित्र किताब और पवित्र जल लेकर दरवाजे पर आता है।

रॉस रॉशेल मंत्र पढ़ता हुआ उन चारों को अंदर लेकर आता है और बैठने का इशारा करता है।

"जी बोलिए किस काम से आप यहाँ आए" रॉस रॉशेल पूछता है।

चित्र – रॉस रोशेल के घर के द्वार पर इल्बिनी राजवंश के सैनिक की प्रेत आत्मा।

कार्लोस बिना समय व्यर्थ किए, सारी घटनाएं रॉस रॉशेल को विस्तार से बता देता है।

"कार्लोस आप मुझे यहां इसलिए लेकर आए हो" स्मिथ गुस्से से पूछता है।

"छोटे साहब आपकी अजीब हरकतों का यहीं एक समाधान है, तंत्र विद्या करके ही उसका पता लग सकता है" कार्लोस विनम्रता कहता है।

लूसिफर दुःख से चिल्लाती है "इतना सब हो गया, हे परमपिता परमेश्वर स्मिथ की रक्षा करना।"

फिर चारों तंत्र विद्या कक्ष में प्रवेश करते हैं। रॉस रॉशेल उनको कुर्सियों पर बैठने को कहता है।

कुछ समय पश्चात रॉस रॉशेल अपनी तांत्रिक विद्या प्रारंभ करता है और पवित्र किताब से मंत्र पढ़ता है। इतने में एक उड़ता हुआ भाला तंत्र विद्या के घेरे में आकर गिरता है और सारी मोमबत्तियां बुझ जाती हैं, बाहर अचानक बिजली कड़कने लगती है, पर्दे हवा में झूलने लगते हैं और फिर एक जोर से आवाज सुनाई देती है।

"सदियों का इंतजार पूरा हो गया, उस राजमहल के दरबार में पहुंचने वाला व्यक्ति मुझे अपने साथ लेकर आया। उसे मैं अब कभी नही छोड़ूंगा। उसकी मृत्यु और हमारी आजादी एक साथ होगी। अब विनाश होगा। पूरे शहर में मौत का खेल होगा। हमारे मालिक आजाद हो गए है।

"तुम कौन हो, तुम्हारा क्या नाम है" रॉस रॉशेल उससे पूछता है।

चित्र – रॉस रोशेल का तंत्र विद्या कक्ष |

आवाज शांत हो जाती है, थोड़ी देर बाद दीवार पर खून से कुछ लिखा होता है।

"इल्बिनी राजवंश समाप्त, हमारे मालिक क्रिस ओलियो आजाद हो गए"

रॉस रॉशेल सारी घटनाओं से मामला समझ जाते है। "स्मिथ यहां से उठना मत, वह प्रेत आत्मा तुम्हें किसी भी समय मार सकती है।"

"यह क्या कह रहे हो आप, कार्लोस मैं किस मुसीबत हूं" स्मिथ रोते हुए चिल्लाता है।

"छोटे साहब सब ठीक हो जायेगा, आप यहां से उठना मत" कार्लोस कहता है।

वो चारों कुर्सियों पर जम कर बैठ जाते हैं और स्मिथ की आंखों से आंसु निकल रहे है।

"कार्लोस मुझे क्या हुआ है मेरा यह हाल और यह आवाज किसकी थी मुझे कुछ समझ नहीं आ रहा है।" स्मिथ रोते हुए कहता है।

"छोटे साहब आप पर किसी प्रेत आत्मा का साया है जो आपको मारना चाहता है और आपके शरीर का प्रयोग करके अपने मालिक को आजाद करवाना चाहता है।" कार्लोस स्मिथ को समझाता है।

"नहीं.... नहीं मैं मरना नहीं चाहता, मैक्स सुनो कार्लोस क्या कह रहे है, लूसिफर मेरी मदद करो" स्मिथ कहराते हुए जोर से कहता है।

"छोटे साहब हमारी मदद केवल रॉस रॉशेल ही कर सकते है, वह तंत्र विद्या के जानकार है उनके पास इस समस्या का समाधान होगा। आप यहीं पर शांति से बैठिए।" कार्लोस छोटे साहब को समझाता है।

इतने में रॉस रॉशेल पवित्र किताब और पवित्र जल लेकर वापस आता है और मंत्र पढ़ता है।

"हां तो सुनो यहाँ प्रेत आत्मा आई थी वह इल्बिनी राजवंश के एक सैनिक की थी। जो आज से 600 वर्ष पहले हुआ था और उस राजवंश के सारे राजा बड़े प्रजापालक और कर्तव्यनिष्ठ थे। वे अपनी प्रजा का पूरा ध्यान रखते थे।

"अब मुझे यह बताओ क्या स्मिथ तुम कोई ऐसी जगह पर गए हो जहां तुम ने इल्बिनी राजवंश से जुड़े किसी प्रतीक चिन्ह को स्पर्श किया है या उसके किसी महल या कक्ष में प्रवेश किया है।" रॉस रॉशेल उत्सुकता और चिंता से पूछता है।

स्मिथ कहता है "नहीं ... नहीं ऐसे किसी वस्तु को हाथ नहीं लगाया और न ही ऐसी किसी जगह पर गए"

"दिमाग पर जोर देकर याद करो स्मिथ यह तुम्हारें लिए बहुत जरुरी है" रॉस रॉशेल गुस्से से पूछता है।

यह तुम्हारें लिए नहीं सबके लिए खतरा है। याद करो स्मिथ।

"हाँ याद आया आज से कुछ दिन पहले जब हम शहर से वापस लौट रहे थे तो रात बहुत हो गयी थी तो हमने विश्राम करने के लिए किसी आश्रय स्थल को खोज रहे थे तभी नेपल शहर के रास्ते पर एक जंगल की ओर हमें एक राजमहल दिखाई दिया

और हम उसमे विश्राम करने के चले गये" स्मिथ पूरी बात बताता है|

"हे ना मैक्स हम केवल उस राजमहल में विश्राम करने के लिए गये थे"

"हाँ रोशेल साहब हम केवल राजमहल में विश्राम करने के लिए रुके थे परन्तु कुछ आवाजें सुनाई दी और हम वापस बहार आ गये" मैक्स कहता है|

"बहुत गलत किया तुम ने उस राजमहल में प्रवेश करके, क्या तुम नहीं जानते हो, वह राजमहल किसका है" रॉस रॉशेल गुस्से से कहता है|

"वह राजमहल तो इल्बिनी राजवंश के राजा जॉन लेपाक का है जो बड़ा ही प्रजापालक और कर्तव्यनिष्ठ था" लूसिफर उत्साह से कहती है|

"तुम उस राजमहल के बारें में जानती हो लूसिफर" स्मिथ पूछता है|

"मैंने इतिहास में पढ़ा था, क्या तुम नहीं जानते स्मिथ"

"नहीं" स्मिथ ना में सिर हिलाता है|

"तुम शांत हो जाओ मुझे कुछ सोचने दो" रॉस रॉशेल कहता है|

"परन्तु एक बात समझ में नहीं आती वह राजमहल राजा जॉन लेपाक का है परन्तु यहाँ प्रेत आत्मा उसके सैनिक की क्यों आई और सैनिक की प्रेत आत्मा ने ही तुम्हारें शरीर में प्रवेश क्यों

किया अभी कौनसा इंतकाम बाकी है" रॉस रॉशेल असमंजस की मुद्रा में बैठा सोचता है|

"क्या तुम ने किसी सैनिक का चित्र देखा या उसके किसी वस्तु के हाथ लगाया"

"हम ने उसके राजमहल में प्रवेश किया था और वहां हम ने दो कब्रें देखी थी दोनों पर एक एक प्रतीक चिन्ह बना हुआ था" स्मिथ कहता है|

"इल्बिनी राजवंश में केवल तीन तरह के प्रतीक चिन्ह थे जिसमें पहला केवल राजा और रानी के लिए, दूसरा मुख्य सेनापति और मंत्रियों के लिए और तीसरा केवल उपसेनापति के लिए, तुम ने किस प्रकार का प्रतीक चिन्ह देखा था" रॉस रॉशेल पूछता है|

अब उसको सारा मामला समझ आ गया किसी खास काम के लिए वह प्रेत आत्मा इसके शरीर में प्रवेश किया है|

"परन्तु वहां पर तो दोनों मौजूद थे स्मिथ और मैक्स फिर केवल स्मिथ के शरीर में ही प्रवेश क्यों किया" रॉस रॉशेल सोचता है|

"अब हमें इल्बिनी राजवंश से सम्बंधित किसी शाही ग्रन्थ को खोजना होगा जिसमें राजा जॉन लेपाक और उसके वंशजों का इतिहास हो, जल्दी से हमें ऐसे ग्रन्थ को खोजना होगा, हमारे पास वक्त बहुत कम है" रॉस रॉशेल कहते है |

चित्र – राजा का शाही प्रतीक चिन्ह

चित्र – सेनापति का प्रतीक चिन्ह

चित्र – उपसेनापति का प्रतीक चिन्ह

शाही ग्रन्थ की खोज

कुछ समय पश्चात् वे सब वहां से कार में बैठकर सीधे शहर के स्थानीय पुस्तकालय में जाते हैं| पुस्तकालय अध्यक्ष से बात करने के बाद वे सब इल्बिनी राजवंश के किसी शाही ग्रन्थ को खोजने लग गये| कुछ घंटे बीत जाने के बाद उन्हें इस प्रकार को कोई ग्रन्थ नहीं मिलता है|

इतने में रॉस रॉशेल को याद आता है "हमें राजकवि अरेका द्वारा लिखित "राजा जॉन लेपाक का रहस्य" ग्रन्थ को खोजना चाहिए उसमें राजा जॉन लेपाक और उसके वंशजों का इतिहास है और उसमें उसकी मृत्यु का भी रहस्य मौजूद है"

परन्तु कुछ समय बीत जाने के बाद भी उन्हें ऐसा कोई ग्रन्थ नहीं मिलता है|

"कोई ओर जगह जहाँ यह ग्रन्थ मिल सकता है" लूसिफर कहती है|

"दो जगह हो सकती या तो चर्च के पुस्तक भाग में या उस खतरनाक राजमहल में" कार्लोस कहता है|

"नहीं .... नहीं उस राजमहल में जाना खतरों से खाली नहीं है" मैक्स कहता है| मैं नहीं जाऊंगा|

"ठीक है पहले चर्च के पुस्तक भाग में चलते है" स्मिथ कहता है|

कुछ समय पश्चात वे सब चर्च के पुस्तक भाग में पहुंचते हैं और अनुमति लेकर इल्बिनी राजवंश से सम्बंधित ग्रन्थ खोजते है, परन्तु ऐसा कोई ग्रन्थ उन्हें नहीं मिलता है|

"आप सब क्या खोज रहे हो मेरे बच्चों" चर्च का मुख्य पादरी बड़े ही विनम्र भाव से पूछता है।

जैसे ही वे सब पीछे मुड़ते है मुख्य पादरी कहता है "रॉस रॉशेल तुम यहाँ, कैसे आना हुआ"

स्मिथ, मैक्स और लूसिफर सब हैरान हो जाते हैं कि मुख्य पादरी रॉस रॉशेल को जानते है।

"हमारी मदद कीजिये मेरे परमपिता" रॉस रॉशेल अभिवादन करते हुए कहता है।

"हमें "राजा जॉन लेपाक का रहस्य" ग्रन्थ की जरुरत हैं, हमें वो ग्रन्थ चाहिए।

मुख्य पादरी पूछता है "परन्तु क्यों"

"तुम्हें उससे क्या काम है, बहुत खतरनाक ग्रन्थ है और वह अपनी जगह पर सही सलामत है भूल जाओ उसको" मुख्य पादरी गुस्से से कहता है।

"यह बच्चा उस राजमहल से होकर आया है मेरे परमपिता अब उस राजमहल का साया इसके पीछे पड़ गया है और वह इसकी जान लेना चाहता है" रॉस रॉशेल मुख्य पादरी को पूरी घटना बताता है।

"हमनें पवित्र जल का छिडकाव करके उस ग्रन्थ को नेपल शहर के राजमहल में वापस सुरक्षित रख दिया है" मुख्य पादरी कहता है।

"बहुत बुरा हुआ मेरे बच्चे, अब वह प्रेत आत्मा सब ख़त्म कर देगी, सब तहस नहस हो जायेगा इसको जल्दी रोकना होगा | हे परमपिता परमात्मा हमारी रक्षा करना और इन बच्चों को इस कष्ट से मुक्ति दिलाना" मुख्य पादरी ईश्वर से प्रार्थना करता है |

"परन्तु एक बात समझ में नहीं आई परमपिता कि ये दोनों मैक्स और स्मिथ राजमहल में गये थे सिर्फ स्मिथ ही उस प्रेत आत्मा का शिकार क्यों हुआ" रॉस रॉशेल पूछता है |

"उस राजमहल के राजदरबार के बीचों बीच एक आकृति बनी हुई है जो गोलाकार दिखती है उस गोलाकार ज्यामिति के बीचों बीच एक काले रंग के पत्थर लगा हुआ है| शायद स्मिथ ने उस पत्थर के ऊपर पैर रख दिया होगा क्योंकि इल्बिनी राजवंश के राजा जॉन लेपाक ने उस गोलाकार ज्यामिति के काले पत्थर पर ही अपने एक उपसेनापति को मृत्यु दंड दिया था | जो हमेशा राजा का विरोध करता था और उस उपसेनापति की आत्मा उस काले पत्थर में कैद हो गयी और जैसे ही स्मिथ ने उस काले पत्थर पर पैर रखा होगा वह प्रेत आत्मा स्मिथ के शरीर में प्रवेश कर गयी | वह प्रेत आत्मा स्मिथ के साथ साथ उसके घर तक पहुँच गयी और फिर उसने इल्बिनी राजवंश के मुख्य सेनापति क्रिस ओलियो को आजाद कर दिया" मुख्य पादरी सारी बात बताता है |

चित्र – राजा जॉन लेपाक का राजदरबार और काला पत्थर।

"अब हमें उस ग्रन्थ को खोजने के लिए नेपल शहर के राजमहल की तरफ चलना होगा" रॉस रॉशेल चलने का इशारा करते हुए कहता है |

"आपने वह ग्रन्थ कहाँ रखा था मेरे परमपिता" रॉस रॉशेल पूछता है |

"मेरे बच्चे हमनें वो ग्रन्थ पवित्र कपड़े में लपेटकर एक संदूक में छिपाकर उस राजमहल के तहखाने में स्थित एक राजा की प्रतिमा के पीछे बने गुप्त दरवाजे के पीछे एक कांच के बक्से में रखा है, परन्तु वहां तक पहुंचना आसान नहीं है उस तहखाने की रक्षा एक सैनिक की प्रेत आत्मा करती है | पिछली बार जब हम वह ग्रन्थ रखने राजमहल गये थे तो हमारे कई साथी उस प्रेत आत्मा का शिकार हो गये और वे सब काल के गर्त में समा गये" मुख्य पादरी बड़े ही दुःख भरे शब्दों में बताता है |

"कोई तो रास्ता होगा मेरे परमपिता, उस ग्रन्थ को लाने के लिए" रॉस रॉशेल पूछता है |

"सुनो मेरे बच्चे अब उस राजमहल में एक ओर प्रेत आत्मा से सामना होगा जो स्मिथ के शरीर में है तुम्हें उन दोनों से बचते हुए वह ग्रन्थ लाना होगा परन्तु ध्यान रहे एक छोटी सी भूल और सब ख़त्म हो जायेगा | परमपिता परमात्मा तुम्हारें साथ है, तुम्हारी रक्षा करें"

इतना कहते ही मुख्य पादरी को हृदयघात होता है और उनके मुंह से खून निकलने लगता है कुछ समय बाद मुख्य पादरी देवलोकगमन हो जाते है |

"हे मेरे परमपिता यह तुम्हें क्या हो गया आपने यह क्या कर दिया हम बच्चों को अंधकार में छोड़कर चले गये" रॉस रॉशेल और उपस्थित सबकी आँखों से आंसू निकलने लगते हैं।

कुछ समय पश्चात चर्च का घंटा बजता है और पुरे शहर के लोग इकट्ठा हो जाते हैं। सबका मन दुखी हो जाता है उनके सबसे अच्छे, सबसे प्यारे परमपिता देवलोकगमन हो गये।

कुछ समय तक प्रार्थना करने के बाद मुख्य पादरी के शव को अंतिम संस्कार के लिए ले जाया जाता है।

"स्मिथ, मैक्स हमारे पास वक्त बहुत कम है जल्दी यहाँ से राजमहल की ओर चलो, रात होने से पहले हमें वहां पहुंचना है" रॉस रॉशेल कहता है।

स्मिथ, मैक्स,लूसिफर,कार्लोस और रॉस रॉशेल राजमहल की ओर रवाना हो जाते हैं।

कार में कुछ देर चलने के दौरान अचानक स्मिथ जोर से चिल्लाता है "कहाँ जा रहे हो तुम"

उसकी आँखें नीली हो गई, गर्दन पीछे की ओर घूम गई और वह एक सैनिक की वेशभूषा में प्रकट हो गया।

"इतनी आसानी से तुम राजमहल नहीं जा पाओगे, सब मरोगे"

"यह क्या कह रहे हो स्मिथ और तुम सैनिक की वेशभूषा में" मैक्स कहता है।

"कार्लोस तुम कार को तेज भगाओ" रॉस रॉशेल कहता है। रॉस रॉशेल पवित्र किताब से मंत्र पढ़ना शुरू करता है और पवित्र

जल स्मिथ पर छिड़कता है | मंत्र का जाप सुनते ही स्मिथ वापस सामान्य हो जाता है |

"स्मिथ तुम ठीक तो हो" लूसिफर पूछती है |

"यह प्रेत आत्मा हमारा पीछा नहीं छोड़ेगी, हमें जल्दी से राजमहल पहुंचना होगा" रॉस रॉशेल कहता है |

कुछ समय बाद वे सब राजमहल के प्रवेश द्वार तक पहुँच जाते है|

समय शाम के सात बजे वे जैसे ही राजमहल के प्रवेश द्वार को खोलने की कोशिश करते हैं | द्वार स्वतः ही खुल जाता है, वे सब आश्चर्य चकित हो जाते हैं |

"जिस द्वार को खोलने में दस सैनिकों की जरुरत पड़ती थी वो हमारे स्पर्श मात्र से ही खुल गया, जरुर कोई अनजानी शक्ति उपस्थित है" रॉस रॉशेल आश्चर्य चकित होकर कहता है |

वे सब अन्दर प्रवेश करते हैं और राजमहल के मुख्य कक्ष में पहुँचते है सब जगह नजरें घुमाते है उनको केवल राजा और मंत्रियों, सैनिकों के चित्र दिखाई देते है |

अचानक से एक भाला उड़ता हुआ आता है|

"स्मिथ दूर हटो वहां से" रॉस रॉशेल चिल्लाता है | स्मिथ बिना वक्त गवाएं वहां से पीछे हट जाता है और उसकी मार से बच जाता है |

"शुक्र हे परमपिता परमात्मा मैं बच गया"

वे सब थोडा आगे बढ़ते हैं और राजदरबार में प्रवेश करते हैं | राजदरबार के सिंहासन के पास उनको दो कब्रें दिखाई देती हैं| वे सहम जाते हैं |

रॉस रॉशेल इशारा करते हुए कहते है "रुको इससे आगे नहीं बढ़ना, खतरा है आगे, वो देखो गोलाकार ज्यामिति और काला पत्थर क्या स्मिथ पिछली बार तुम यहीं पर आये थे"

"हाँ ठीक इसी जगह पर मैं खड़ा हुआ था" स्मिथ कहता है | अचानक से स्मिथ एक सैनिक के रूप में बदल जाता है| "हाँ .....हाँ, तुम सब मरोगे, इस तांत्रिक की बातों में आकर तुम सब यहाँ मरने आ गये | यदि जीवित रहना है तो यहाँ से चले जाओ" स्मिथ हँसते हुए कहता है|

"हमें यहाँ से चलना चाहिए, लूसिफर मुझे बहुत डर लग रहा है" मैक्स घबराते हुए कहता है |

"नहीं .... नहीं मैक्स में अपने दोस्त को छोड़कर यहाँ से नहीं जाने वाली, उसे इस मुसीबत में अकेला नहीं छोड़ सकती" लूसिफर कहती है |

"तुम बहादुर हो लूसिफर" रॉस रॉशेल उसकी प्रशंसा करता है | ऐसे दोस्तों के होते स्मिथ को कुछ नहीं हो सकता है |

वे सब ओर आगे बढ़ते हैं और राजसिंहासन के नजदीक पहुँच जाते है इतने में उनकी नजर राजसिंहासन के नजदीक पड़े एक बक्से पर पड़ती है| "वह देखो बच्चों वहां कुछ पड़ा है उस बक्से में क्या हो सकता है" रॉस रॉशेल बक्से की ओर इशारा करते हुए कहता है |

वे सब उस गोलाकार ज्यामिति से बचते हुए राजसिंहासन के पास पहुंच जाते हैं और रॉस रॉशेल उस बक्से को हाथ में लेते है|

"ध्यान से रॉस रॉशेल साहब" लूसिफर कहती है |

"कोई खतरा तो नहीं" मैक्स पूछता है |

रॉस रॉशेल उस बक्से को खोलते है उसमें राजा जॉन लेपाक की किताब है वह उस किताब को बाहर निकालते है और खोलने से पहले रॉस रॉशेल कुछ मंत्र पढ़ते है फिर किताब को खोलते है|

किताब के पहले पृष्ठ पर राजा का प्रतीक चिन्ह बना होता है और हुबहू उस जैसा प्रतीक चिन्ह उन दोनों कब्रों में से किसी एक पर बना होता है वे पहचान जाते है उनमें से राजा की कब्र कौनसी है |

लूसिफर कहती है "यह राजसिंहासन के सामने वाली कब्र राजा जॉन लेपाक की है और दूसरी शायद उस सैनिक की होगी जिसकी आत्मा स्मिथ के शरीर में है |

रॉस रॉशेल किताब पढ़ना शुरू करता है कुछ समय बाद रॉस रॉशेल पूरी किताब पढ़ लेता है और सबको उस के बारें में सुनाता है |

इतने में एक उड़ता हुआ शाही कपड़ा रॉस रॉशेल के गले में पड़ता है और उसे फांसी लगाने की कोशिश करता है रॉस रॉशेल उससे बचने का प्रयास करता है और पवित्र जल की शीशी ऊपर उछल जाती है और उसकी कुछ बूँदे रॉस रॉशेल के ऊपर गिरती है शाही कपड़ा रॉस रॉशेल को छोड़ देता है और जमीन पर गिर जाता है और फिर सांप के रूप में वहां से

चला जाता है| "हे परमपिता परमात्मा आपका शुक्रिया आपने मुझे बचाया" रॉस रॉशेल ईश्वर का धन्यवाद करते हुए कहता है|

"आप ठीक तो है रॉस रॉशेल साहब" कार्लोस पूछता है | अब हमें आगे क्या करना चाहिए |

रॉस रॉशेल किताब को पढ़कर सुनाता है "राजा जॉन लेपाक बड़े ही प्रजापालक और कर्तव्यनिष्ठ राजा थे वो हर समय अपनी प्रजा की रक्षा का वचन देते थे और उनकी मृत्यु के पश्चात राजा की कब्र के ऊपर किसी सेवाभावी और ईमानदार व्यक्ति के रक्त की कुछ बुँदे डालने पर राजा की पवित्र आत्मा हर मुसीबत में उसकी मदद करेगी और सुरक्षा प्रदान करेगी"

सब एक दुसरे की तरफ देखने लगते है लेकिन वहां केवल एक ही व्यक्ति है जो हमेशा से अपने मालिक का वफादार रहा और उसकी हर परिस्थिति में मदद की |

"अब तुम्हें ही बचाना होगा अपने छोटे साहब को कार्लोस" रॉस रॉशेल बड़े ही भावुक तरीके से कहता है |

"मैंने हमेशा छोटे साहब को अपने बच्चे की तरह पाला है और यदि आज मेरे रक्त की कुछ बूंदें छोटे साहब की जिन्दगी बचाती है तो मुझे कोई दुःख नहीं है |

कार्लोस रोते हुए अपने रक्त की कुछ बूंदें राजा की कब्र पर डालता है| कब्र पर रक्त की बूंदें डालते ही बड़ी जोरदार आवाज होती है और आवाज के साथ राजा जॉन लेपाक की आत्मा कार्लोस के शरीर में प्रवेश करती है| कार्लोस का शरीर अचानक से चमक जाता है और कार्लोस राजा की वेशभूषा में प्रकट होता

है | उसका दिमाग बहुत तेज चलने लगता है | राजमहल जीवित हो जाता है जैसे आज से 600 वर्ष पहले होता था | मानो प्रजा से आवाजें गूंजने लगती हैं "महाराज जॉन लेपाक की जय हो, महाराज जॉन लेपाक की जय हो" मानो ऐसा लग रहा है जैसे राजदरबार में मंत्रीगण उसका स्वागत कर रहे हैं |

रॉस रॉशेल, राजा जॉन लेपाक से कहता है "महाराज हमें राजमहल के तहखाने तक पहुंचना है जल्दी से आप हमें वहां पहुंचा दीजिये"

कार्लोस आगे आगे चलता है बाकि सभी लोग उसके पीछे चलते हैं कुछ समय बाद वे सब तहखाने के प्रवेश द्वार तक पहुँच जाते हैं अचानक कार्लोस गायब हो जाता है और फिर वे सब तहखाने में प्रवेश करने का प्रयास करते हैं अचानक से एक आवाज आती है |

"ठहरो तुम्हारी हिम्मत कैसे हुई इसमें प्रवेश करने की, इसमें महाराज की आज्ञा के बिना कोई नहीं जा सकता" सैनिक की प्रेत आत्मा डराते हुए कहती है |

इतने में वहां पर जहरीलें कीड़ों की बरसात होने लगती है "हटो वहां से स्मिथ भागो मैक्स बचो इनसे, यह बहुत खतरनाक कीड़ें है एक डंक और सीधे परमात्मा से मिलन" रॉस रॉशेल बचते हुए कहता है | अचानक कार्लोस पुनः प्रकट होता है और कार्लोस अपनी शक्ति से सभी कीड़ों को यमलोक पहुंचा देता है, अब तुम सभी सुरक्षित हो | धन्यवाद महाराज" रॉस रॉशेल कहता है | आपने हमारी रक्षा की |

"आओ आगे बढ़ते है" कार्लोस कहता है |

इतने में पहरेदार सैनिक की आत्मा कार्लोस को देखती है आश्चर्य से कहती है "महाराज आप, महाराज की जय हो, मैं आपका दास हूँ मुझसे बड़ी भूल हो गई मैंने आपको अन्दर प्रवेश करने से रोका, आप मुझे क्षमा कर दीजिये"

सैनिक की प्रेत आत्मा तहखाने का प्रवेश द्वार खोल देती है और फिर वे सब तहखाने में प्रवेश करते है |

"जल्दी से हमें राजा जॉन लेपाक की बड़ी प्रतिमा को खोजना होगा, उसी के पीछे एक गुप्त दरवाजा है और उस दरवाजे के पीछे वह ग्रन्थ रखा हुआ है" रॉस रॉशेल प्रतिमा को खोजते हुए कहता है |

लूसिफर, मैक्स और सभी राजा जॉन लेपाक की प्रतिमा को खोजने की कोशिश करते है, परन्तु प्रतिमा कहीं नहीं मिलती है| तभी वे देखते हैं की स्मिथ गायब है |

"अभी तो हमारें साथ ही था, अचानक कहाँ चला गया" लूसिफर कहती है |

"शायद अन्दर के कक्ष में तो नहीं गया" मैक्स इशारा करते हुए कहता है |

"चलो आओ देखते है" रॉस रॉशेल कहता है | वे सब अन्दर वाले कक्ष में प्रवेश करते हैं |

"यह क्या स्मिथ तुम यहाँ बैठे हो" मैक्स पूछता है | जैसे ही वे सब उसके नजदीक जाते हैं उसके मुँह से काला धुआं निकलने लगता है और पूरा कक्ष काले धुँए से भर जाता है |

"मुझे कुछ दिखाई नहीं दे रहा है" मैक्स चिल्लाता है |

"मुझे भी" लूसिफर चिल्लाती है | इतने में स्मिथ इसका लाभ उठाते हुए उस प्रतिमा का स्थान बदल देता है और वहां से गायब हो जाता है |

कुछ समय बाद काला धुआं हट जाता है और तहखाना वापस पहले जैसे हो जाता है |

"कार्लोस हमारी मदद करो उस प्रतिमा को खोजने में" रॉस रॉशेल कहता है |

"नहीं मैं यहाँ केवल तुम्हारी रक्षा करने आया हूँ तुम्हें स्वयं अपनी मदद करनी होगी" कार्लोस कहता है | इतना कहते हुए कार्लोस तहखाने के प्रवेश द्वार पर बैठ जाता है |

लूसिफर ख़ुशी से चिल्लाती है रॉस रॉशेल साहब मुझे राजा जॉन लेपाक की प्रतिमा मिल गई | वे सब दौड़ कर वहां जाते हैं | "परन्तु इसके पीछे तो कोई दरवाजा नहीं है" मैक्स कहता है |

"शायद किसी ने प्रतिमा का स्थान बदल दिया है, सब जगह देखो वह गुप्त दरवाजा यहीं कहीं होगा उसने कुछ तो सुराख़ छोड़ा होगा, हमें उसको खोजना होगा" रॉस रॉशेल कहता है |

तभी कार्लोस वहां से अपने सिंहासन को उठाकर दूर ले जाता है| इतना देखते ही रॉस रॉशेल को एक विचार आता है | "जल्दी से सभी मेरे पास आओ, मैक्स, लूसिफर, इस प्रतिमा का स्थान किसी ने बदल दिया है परन्तु एक बात है लम्बे समय तक जब कोई वस्तु एक स्थान पर पड़ी रहती है तो उसकी छाप उस जमीन पर बन जाती है इस प्रतिमा के तल की एक छाप यहीं कहीं बनी होगी, हमें उस छाप को खोजना होगा" रॉस रॉशेल अपने विचार रखता है |

"एकदम सहीं कहाँ आपने हमें जल्दी से उस छाप को खोजना होगा" मैक्स कहता है।

कुछ देर खोजने के बाद "रॉस रॉशेल साहब मुझे वो छाप मिल गई" लूसिफर चिल्लाती है।

"तो फिर दरवाजा भी मिल गया" रॉस रॉशेल कहता है। "हाँ वह दरवाजा यहीं है"

वे सब उस दरवाजे के पास आते हैं और उसे खोलने की कोशिश करते हैं परन्तु वह दरवाजा नहीं खुलता हैं।

"शायद किसी गुप्त तरीके से यह दरवाजा खुलता होगा" मैक्स कहता है।

"सोचो कोई ऐसा तरीका जिससे यह खुल जाये" लूसिफर कहती है।

"हाँ याद आया मुख्य पादरी ने मरते समय एक बात बताई थी और वे किसी शाही तलवार की बात कर रहे थे"रॉस रॉशेल कहता है।

चित्र – राजा जॉन लेपाक के राजमहल का गुप्त कक्ष / तहखाना।

"शायद शाही तलवार इस दरवाजे को खोलने के लिए एक कुंजी की तरह हो" लूसिफर अपने विचार रखती है।

"अब हमें वह शाही तलवार खोजनी होगी" इतने में रॉस रॉशेल कार्लोस की तरफ देखते है वह पूरी तरह महाराज जॉन लेपाक में बदल चूका था, अब वापस वह कभी कार्लोस नहीं बन सकता है, कार्लोस ने पूरी जिन्दगी छोटे साहब के लिए कुर्बान कर दी। वह भावुक हो जाता है उसकी आँखें नम हो जाती है और वह लगातार कार्लोस को देखता है। इतने में उसकी नजर राजा जॉन लेपाक की तलवार पर पड़ती है।

"मिल गई शाही तलवार, हमारे दरवाजे की कुंजी, वह देखो कार्लोस के पास नहीं राजा जॉन लेपाक के पास" रॉस रॉशेल उत्साह से कहता है।

वे सब भाग कर राजा जॉन लेपाक के पास जाते हैं और उनसे अपनी शाही तलवार देने की विनती करते है। राजा जॉन लेपाक बड़े ही विनम्रता से शाही तलवार रॉस रॉशेल को दे देते है।

"अभी तक स्मिथ का कोई पता नहीं वह कहाँ चला गया" लूसिफर कहती है।

तभी राजा जॉन लेपाक कहते है "वह बाहर तुम्हें मारने की योजना बना रहा है, वह उपसेनापति जिसकी आत्मा स्मिथ के शरीर में है उसको भी इस ग्रन्थ की जरुरत है वह इसे जलाकर ख़त्म कर देना चाहता है ताकि कोई भी उसके और उसके मालिक के काले कारनामों को नहीं जान पाए, वह तुमसे शाही ग्रन्थ छिनने की पूरी कोशिश करेगा, तुम्हें सचेत रहना होगा"

चित्र – राजा जॉन लेपाक अपनी शाही तलवार के साथ |

"जैसे आप कहे महाराज" रॉस रॉशेल हाँ में सिर हिलाते हुए कहता है |

वे शाही तलवार लेकर उस दरवाजे के पास आते हैं और दरवाजे के पास एक शेर का मुँह बना हुआ है उसके पैरों के पास स्थित रिक्त स्थान में शाही तलवार को प्रवेश करवाते है और जोर लगाकर घुमाते है और दरवाजा खुल जाता है |

"खुल गया" मैक्स ख़ुशी से चिल्लाता है |

वे सब अन्दर प्रवेश करते है और देखते है कि सामने एक कांच का बक्सा रखा हुआ है जिसमे वह शाही ग्रन्थ बंद है और जैसे ही वे बक्से को हाथ में उठाते हैं पूरा राजमहल हिलने लगता है |

चित्र – शाही ग्रन्थ |

"जल्दी चलो यहाँ से अब शायद यह राजमहल नीचे गिर जायेगा" रॉस रॉशेल कहता है |

वे सब जल्दी से तहखाने से बाहर निकलते है और साथ साथ महाराज जॉन लेपाक भी बाहर आते है और राजदरबार में पहुँचते है | इतने में एक भयंकर और डरावनी आवाज आती है|

"लम्बे समय से मैं इस क्षण का इंतजार कर रहा था कब मैं तुम्हें अपने हाथों से मौत के घाट उतार दूँ परन्तु तुम हर बार बच जाते हो लेकिन इस बार इल्बिनी राजवंश नस्तेनाबुद हो जायेगा" स्मिथ कहता है |

स्मिथ को इस रूप में देखकर सब डर जाते हैं | "मेरे बच्चे यह तुम्हें क्या हो गया, परमपिता परमेश्वर इसकी रक्षा करना" रॉस रॉशेल प्रार्थना करता है |

कार्लोस सबको पीछे हटने का इशारा करता है और फिर पवित्र आत्मा और प्रेत आत्मा के बीच महायुद्ध शुरू होता है |

"रॉस रॉशेल साहब हमें यहाँ से अब चलना चाहिए" मैक्स कहता है |

"परन्तु कार्लोस, इनको यहाँ पर हम कैसे छोड़ सकते है" लूसिफर दुखी होकर कहती है |

"मेरे बच्चे वह अब पूरी तरह राजा जॉन लेपाक में बदल चूका है अब वापस वह इंसानी रूप में नहीं आ सकता है इनका युद्ध अब न जाने कितने समय तक चलेगा, अब हमें यहाँ से चलना चाहिए"

चित्र – राजा जॉन लेपाक की आत्मा और उपसेनापति की प्रेत आत्मा के बीच युद्ध।

रॉस रॉशेल कहते हुए उस ग्रन्थ को लेकर राजमहल से बाहर निकल आते है।

रात के 3 बजे वे सब वापस अपने शहर के रास्ते पर होते हैं और सुबह होने तक रॉस रॉशेल के घर पर पहुँच जाते हैं।

इल्बिनी राजवंश और राजा जॉन लेपाक का रहस्य

रॉस रॉशेल घर आकर अपने तंत्र विद्या कक्ष में जाता है तंत्र विद्या के प्रयोग के लिए कक्ष को तैयार करता है | मैक्स और लूसिफर को वहां बुलाता है परन्तु वे दोनों स्मिथ के लिए चिंतित है | "उसका क्या होगा हम लोगों ने वहां उसको अकेला छोड़ दिया" उदास होते हुए मैक्स कहता है |

"हमें ऐसा नहीं करना चाहिए, मैं उसको लेने वापस राजमहल जाऊँगी" उत्तेजना में लूसिफर कहती है |

"हाँ मैं भी जाऊँगा मैं मेरे दोस्त को अकेला ऐसी हालात में नहीं छोड़ सकता, हमारा जीवन भर का साथ है" मैक्स रोते हुए कहता है | हमें सुबह होते ही वहां जाना होगा |

"यदि तुम्हारी सबकी यहीं इच्छा है तो मैं भी तुम्हारें साथ चलता हूँ, ईश्वर सबका भला करें" रॉस रॉशेल पवित्र किताब और पवित्र जल को साथ लेकर तैयार होता है |

समय सुबह के 9 बजे

रॉस रॉशेल उस शाही ग्रन्थ को तंत्र विद्या कक्ष में सुरक्षित रखकर जाने की योजना बनाता है | कुछ समय पश्चात वे तीनों राजमहल के रास्ते पर आगे बढ़ते हैं |

"हमें स्मिथ को सुरक्षित लाना होगा, हे परमपिता परमेश्वर उसकी रक्षा करना" मैक्स कहता है |

"तुम चिंता मत करो मैक्स ईश्वर हमारें साथ है स्मिथ को कुछ नहीं होगा" लूसिफर कहती है।

"मेरे बच्चों सब ठीक होगा परमेश्वर सबका भला करेगा" रॉस रॉशेल सांत्वना देता है।

इतने में वे सब राजमहल के प्रवेश द्वार पर पहुँच जाते हैं। राजमहल का प्रवेश द्वार खुला मिलता है और वे अन्दर प्रवेश करते है राजमहल पूरा तहस नहस हो चूका है, स्मिथ बेहोशी की हालत में राजा जॉन लेपाक की कब्र के पास पड़ा है और कार्लोस उस राजसिंहासन पर राजा जॉन लेपाक की तरह शाही अंदाज में बैठा है और उस उपसेनापति की प्रेत आत्मा एक कांच के जार में कैद है।

चित्र – राजा जॉन लेपाक उपसेनापति की प्रेत आत्मा को एक कांच के जार में कैद करते हुए।

यह देखते ही रॉस रॉशेल सोचता है "शायद राजा जॉन लेपाक ने उस दुराचारी, अत्याचारी उपसेनापति की प्रेत आत्मा को कैद कर दिया है | राजमहल प्रेत आत्मा से मुक्त हो गया परन्तु पूरा शहर प्रेत आत्माओं की गिरफ्त में है | उसका मालिक कब्र से आजाद हो गया है |

रॉस रॉशेल कहता है हमें उसके मालिक का उद्देश्य जानना है इसलिए हमें वह शाही ग्रन्थ जल्दी से पढ़ना होगा |

अन्यथा पुरे शहर में मौत का खेल होगा "जल्दी से स्मिथ को वहां से उठाओ मैक्स" रॉस रॉशेल कहता है |

मैक्स उसको वहां से उठाकर राजमहल से बाहर लेकर आता है और कार में बैठाता है | रॉस रॉशेल राजा जॉन लेपाक का धन्यवाद करते हुए वहां से निकलने की आज्ञा लेता है और जैसे ही वह राजमहल से बाहर निकलने लगता है पीछे से एक आवाज आती है "रुको अपने साथ इसको भी लेकर जाओ" राजा जॉन लेपाक कहता है | वह पीछे मुड़ता है राजा जॉन लेपाक उसको एक शाही मुद्रा देता है जिस पर राजा जॉन लेपाक का चित्र एवम् उसका प्रतीक चिन्ह अंकित है |

वे उसको लेकर पुनः एक बार राजा जॉन लेपाक का धन्यवाद करते हैं और कार में बैठकर शहर के लिए रवाना हो जाते हैं |

कुछ समय पश्चात रॉस रॉशेल के घर पर

"स्मिथ .... स्मिथ तुम ठीक हो" मैक्स कहता है | रॉस रॉशेल पवित्र जल का छिडकाव करता है | कुछ देर बाद स्मिथ बेहोशी की हालत से जाग जाता है |

"हे परमपिता परमेश्वर मेरा बच्चा ठीक है" रॉस रॉशेल ईश्वर का धन्यवाद करता है | स्मिथ की आँखों में प्रेत आत्मा का खौफ स्पष्ट नजर आता है, ऐसा लगता है जैसे उस प्रेत आत्मा ने उसको निचोड़ के रख दिया है | उसके उदास चेहरे से ऐसा लगता है जैसे वो अपने आप को मिटा देगा | रॉस रॉशेल उसके नजदीक आता है और उसको गले से लगाता है वह भावनाओं में बह जाता है उसकी आँखों से आंसू निकलने लगते है | वह रॉस रॉशेल को कसकर पकड़ लेता है उसका शरीर कांपता है "मैं बच जाऊँगा ना रॉस रॉशेल साहब"

"मेरे बच्चे तुम्हें कुछ नहीं होगा, ईश्वर हमारे साथ है" रॉस रॉशेल स्मिथ को सांत्वना देते हुए कहता है |

तंत्र विद्या कक्ष

रॉस रॉशेल उस शाही ग्रन्थ को पढ़ना शुरू करता है

आज से लगभग 600 वर्ष पहले राजा जॉन पॉल के देहान्त के बाद 16 वर्ष की उम्र में राजकुमार जॉन लेपाक राजसिंहासन पर विराजमान हुए और अपनी दयालुता और प्रजापालक व्यवहार के कारण महाराज जॉन लेपाक के रूप प्रसिद्ध हुए | राजा जॉन लेपाक प्रतिक्षण प्रजा की भलाई के बारें में सोचते थे और अपने साम्राज्य को उत्कर्ष राज्य बनाना चाहते थे साथ ही अपने राज्य से भ्रष्टाचार, लुटखोरी और अपराध को ख़त्म करना चाहते थे और इसके लिए राजा ने अपने शासनकाल में बहुत कार्य करवाएं|

परन्तु उसने एक गलती कर दी मुख्य सेनापति के रूप में क्रिस ओलियो को नियुक्त कर दिया | वह बड़ा ही भ्रष्ट और लालची

प्रकृति का व्यक्ति था और वह राजा को अपदस्थ करके राजसिंहासन पर कब्ज़ा करना चाहता था इसके लिए उसने राजा जॉन लेपाक को मारने की योजना बनाने लगा | इसके लिए उसका साथ एक उपसेनापति हेलेक्स ने दिया जो बड़ा ही क्रूर और राजद्रोही व्यक्ति था |

इतना कहते ही रॉस रॉशेल आश्चर्य चकित रहा गया क्योकि उस ग्रन्थ में वह प्रतीक चिन्ह बना हुआ था जो राजा जॉन लेपाक की कब्र के पास स्थित दूसरी कब्र पर बना हुआ था | उसे समझने में देर नहीं लगी |

रॉस रॉशेल समझ गया कि स्मिथ के अन्दर जो प्रेत आत्मा है वह उस उपसेनापति हेलेक्स की है वह बहुत ही क्रूर और लालची व्यक्ति था | और राजा ने उसको राजदरबार के बीच में मृत्यु दण्ड दिया था और स्मिथ ने जब राजमहल में प्रवेश किया और राजदरबार के गोलाकार ज्यामिति के काले पत्थर पर पैर रखा तो उस हेलेक्स की प्रेत आत्मा को मानवीय शरीर की अनुभूति हुई और उसने स्मिथ के शरीर में प्रवेश कर दिया | इसी के साथ स्मिथ हेलेक्स की प्रेत आत्मा के गिरफ्त में आ गया |

 रॉस रॉशेल ने सबको बताया स्मिथ उस उपसेनापति हेलेक्स की प्रेत आत्मा के गिरफ्त में था | परन्तु कार्लोस ने हेलेक्स की प्रेत आत्मा को राजमहल में बंधक बना लिया है, डरने की कोई बात नहीं है | रॉस रॉशेल आगे पढ़ता है |

मुसीबतों और षड्यंत्रों का सामना करते हुए राजा जॉन लेपाक ने अपने राज्यकाल के 7 वर्ष पुरे कर लिये और फिर वो समय आया जब राजा जॉन लेपाक के विवाह उत्सव का आयोजन हुआ| परन्तु उसके शत्रुओं ने उसको विवाह मंडप पर मारने की

साजिश की परन्तु उसके राजकवि अरेका की तीव्र बुद्धिमत्ता और सावधानी से राजा जॉन लेपाक की जान बच गई | राजा जॉन लेपाक ने अपने राजकवि अरेका के इस कर्तव्यनिष्ठ कार्य के लिए भारी ईनाम दिया और अपने नवरत्नों में शामिल कर लिया| उसके बाद राजकवि अरेका राजा जॉन लेपाक के हर निर्णय में महत्वपूर्ण भूमिका निभाने लगा और वह राजा का एक विश्वास पात्र मित्र बन गया | राजा जॉन लेपाक हर निर्णय में उसका परामर्श लेता था और संध्याकाल में उससे राज्य विस्तार, संधि जैसे मुद्दों पर वार्तालाप करता था |

राजा जॉन लेपाक का समय अच्छा चल रहा था | उसको विवाह के 3 वर्ष बीत गये थे परन्तु राजा जॉन लेपाक के कोई संतान उत्पन्न नहीं हुई | अनेक राजवैद्यों से सलाह मशविरा करने के बाद भी कोई बात नहीं बनी | इससे राजा जॉन लेपाक बड़ा चिंतित हो गया | वह दिन रात अपने भविष्य के बारें में सोचने लगा इससे उसके स्वास्थ्य पर बुरा प्रभाव पड़ने लगा | जब यह बातें प्रजा में पंहुची तो प्रजा में तरह तरह की बातें होने लगी लेकिन प्रजा बहुत सुलझी हुई और समझदार थी उसने फिर भी राजा का साथ दिया| राजा के लिए अपने प्राण तक देने को तैयार रहते थे | वे जानते थे सेनापति क्रिस ओलियो कितना लालची और क्रूर है | प्रजा अपने प्रिय और प्रजापालक राजा को खोना नहीं चाहते थे |

प्रजा में से एक व्यक्ति ने बोला "हमारे महाराज आज मुसीबतों में है हमें अपने महाराज का पूरा सहयोग करना चाहिए | हमारे महाराज बाहर के और अन्दर के दुश्मनों से अकेले लड़ रहे है हमें अपने महाराज का साथ देना होगा"

"हाँ .... हाँ हमें महाराज का साथ देना होगा चाहे इसके लिए अपने प्राण भी न्यौछावर करने पड़े तो भी हम पीछे नहीं हटेंगे" दूसरा बोलता है।

इतने में एक जयघोष होता हो "महाराज की जय हो, राजा जॉन लेपाक अमर रहे, अमर रहे, अमर रहे"

जब प्रजा की बातें राजमहल के गलियारों से होते हुए राजा तक पहुँचती है। राजा अपनी प्रजा के इस व्यवहार से बड़ा खुश होता है और उसकी उदासी गायब हो जाती है। वह मंद मंद मुस्करा उठता है और अपनी महारानी से कहता है "देखा मेरी प्रजा कितनी अच्छी है वह अपने राजा के प्रति कितनी सहानभूति रखती है। ऐसी प्रजा पाकर में धन्य हो गया, मेरा जीवन सफल हो गया।

"वाकई हमारी प्रजा बहुत संयमित और धैर्यवान है। हमें अपनी प्रजा के दुखों को दूर करना चाहिए उन्हें किसी प्रकार की तकलीफ नहीं होनी चाहिए। यह हमारा कर्तव्य है महाराज" महारानी प्रजा की प्रशंसा करते हुए कहती है।

राजा प्रजा की बातों को याद करके बड़ा मन ही मन खुश होता है। समय आगे बढ़ता है और 2 वर्ष और बीत जाते है।

इस दौरान उसके सेनापति क्रिस ओलियो ने एक बड़ी सेना तैयार कर दी। वह किसी भी समय राजा जॉन लेपाक की हत्या करके राज सिंहासन पर कब्ज़ा कर सकता है।

"हमें इस निसंतान राजा को ख़त्म करके अपने वंश को सत्ता में लाना होगा" उपसेनापति हेलेक्स कहता है।

"इस मौके का इंतजार तो मैं कब से कर रहा हूँ हेलेक्स तुम अपनी सेना की टुकड़ी को तैयार रखना" क्रिस ओलियो हँसते हुए कहता है |

अचानक एक दिन राजमहल में सुखद समाचार सुनाई देता है | "महाराज युवराज का आगमन होने वाला है महारानी गर्भ से है" इतना सुनते ही महाराज ख़ुशी से भाव विभोर हो जाता है और अपने कंठों की स्वर्ण जड़ित मोतियों की माला उस दासी को उपहार स्वरुप दे देता है |

राजा का मन प्रसन्न हो उठता है | पुरे राज्य में मिठाइयाँ बांटी जाती है और प्रजा को बेहिसाब धन दौलत का उपहार दिया जाता है |

"महाराज की जय हो" राजकवि अरेका राजा से मिलने आता है|

"बहुत बहुत बधाईयाँ महाराज एक ओर प्रजापालक आने वाला है" राजकवि अरेका की इन बातों से राजा जॉन लेपाक बहुत प्रसन्न होता है और राजकवि अरेका को गले लगाता है |

"तुमने सही कहां राजकवि, आज में बहुत प्रसन्न हूँ" राजा जॉन लेपाक ख़ुशी से अपने आंसू नहीं रोक पाता और अश्रुधारा बहती है |

परन्तु दूसरी तरफ उसका सेनापति क्रिस ओलियो "यह नई मुसीबत कहाँ से आ गई, महारानी गर्भ से है | यदि युवराज होता है तो वहीँ बनेगा हमारा महाराज, हमें इसे गर्भ में ही खत्म करना होगा |

सेनापति क्रिस ओलियो और हेलेक्स एक योजना बनाते है |

राजमहल में नववर्ष का उत्सव बहुत ही जोर शोर से और धूमधाम से मनाया जा रहा है और राजमहल के राजदरबार में संगीत और नृत्य का कार्यक्रम चल रहा है।

चित्र – राजमहल में नववर्ष का उत्सव।

इतने में उपसेनापति हेलेक्स नंगी तलवार लेकर राजा जॉन लेपाक को मारने के लिए आगे बढ़ता है परन्तु राजा को इसका पहले ही अंदाजा था। राजा को अपने गुप्तचरों से सन्देश मिल चुका था। धीरे धीरे वह राजा के नजदीक पहुँचता है राजा नृत्यांगना को हीरों का हार उपहार देने के लिए अपने सिंहासन से नीचे उतरता है और इतने में हेलेक्स उस पर हमला कर देता है परन्तु राजा अपनी सूझबूझ से बच जाता है और अपने अंगरक्षकों को आदेश देता है "गिरफ्तार कर लो इस राजद्रोही को और मेरे सामने प्रस्तुत करो अतिशीघ्र"

चित्र – राजा जॉन लेपाक उपसेनापति हेलेक्स को दंड देने हेतु जाते हुए।

उत्सव का माहौल तनाव में बदल जाता है इस प्रकार अपने उपसेनापति का राजा पर हमला करना सबको आश्चर्य चकित कर देता है। सभी लोग राजा के पक्ष में आ जाते हैं और उस हत्यारे को मृत्यु दंड देने का घोष करते है। राजा जॉन लेपाक गुस्से से भर जाते है और अपनी तलवार से उपसेनापति हेलेक्स का सिर धड़ से अलग कर देते है उसका सिर कट कर गोलाकार ज्यामिति के काले पत्थर पर गिरता है, राजदरबार का आँगन रक्त से सन जाता है और हेलेक्स तड़प तड़प कर मर जाता है।

उत्सव शोक में बदल जाता है, जश्न समाप्त हो जाता है सभी अपने अपने घर को लौट जाते हैं केवल इस हमले की चर्चा और परिणाम का शौक प्रजा के जुबान पर रहता है |

शाम के समय राजा के सैनिक उस राजद्रोही का अंतिम संस्कार कर देते है | दो दिन तक शोक और उदासी का माहौल बना रहता है, पुरे राज्य में शांति छा जाती है सब चर्चाएँ मंद पड़ जाती हैं | सब आश्चर्य करते हैं कैसे राजा का रक्षक ही भक्षक बन गया|

उसकी मृत्यु के तीसरे दिन राजा को रात में राजदरबार से आवाजें सुनाई देती है |

"राजा जॉन लेपाक तुमने अच्छा नहीं किया, मैं वापस आऊंगा और तेरे पुरे वंश का नाश कर दूंगा, मैं इसी काले पत्थर में हूँ, उचित अवसर पर मैं वापस आऊंगा, इंतजार करना | इतना कहते ही हेलेक्स की आवाज बंद हो जाती है |

चित्र – उपसेनापति हेलेक्स की प्रेत आत्मा राजा जॉन लेपाक से बदला लेने को कहती हुई।

राजा जॉन लेपाक सोच में डूब जाता है और अपनी प्रजा और मंत्रीगणों के लिए चिंतित हो जाता है।

अगले दिन राजदरबार में राजा जॉन लेपाक घोषणा करता है कि राजदरबार के इस काले पत्थर के नजदीक कोई नहीं जायेगा |

उसी रात राजा को एक सपना आता है और राजा सपने में देखता है कि उपसेनापति हेलेक्स प्रेत आत्मा में बदल गया है और वह राजा के वंश को खत्म करने की बात याद दिलाता है | राजा सिहर उठता है "इस कैसी मुसीबत को मैं अपने द्वार पर ले आया" राजा सोचता है | यह प्रेत आत्मा इस राजवंश का अंत किये बिना यहाँ से नहीं जाएगी, मुझे कुछ करना होगा" राजा पूरी रात मनन करता है |

कुछ समय पश्चात् राजा सोचते सोचते नींद में चले जाते है |

अगली सुबह राजा जॉन लेपाक अपने राजकवि अरेका को बुलावा भिजवाता है | कुछ समय पश्चात् राजकवि अरेका राजदरबार में उपस्थित होता है "महाराज की जय हो" राजकवि अरेका अभिवादन करता है |

राजा जॉन लेपाक राजकवि अरेका से गोपनीय बात करता है "राजकवि अरेका मुझे उपसेनापति हेलेक्स की प्रेत आत्मा से छुटकारा पाना है, मेरे वंश को खतरा है तुम कुछ उपाय बताओ" राजा अपनी चिंता व्यक्त करता है |

थोड़ी देर सोचने के बाद राजकवि अरेका कहता है "महाराज यहाँ से 100 मील उत्तर दिशा में एक पहाड़ी है उसकी गुफा में अपने ही राजदरबार का बुजुर्ग राजवैद्य कैमोल रहता है और वह तंत्र विद्या का भी जानकर है शायद वह हमारी मदद कर सकता है हमें उससे मिलना चाहिए"

"तो फिर ठीक है तैयारी करो कल सुबह ही हम वहां उस पहाड़ी पर राजवैद्य कैमोल से मिलने जायेंगे" राजा जॉन लेपाक राजकवि अरेका को आदेश देता है। "ठीक है महाराज जैसा आप कहे"

यह बात जैसे ही सेनापति क्रिस ओलियो को पता चलती है वह एक योजना बनाता है।

अगले दिन सुबह राजा जॉन लेपाक, राजकवि अरेका और कुछ सैनिक राजवैद्य कैमोल से मिलने के लिए रवाना हो जाते हैं। कुछ 50 मील की दुरी पर पहुँचने पर राजा को यह एहसास होता है कि कोई उनका पीछा करा रहा है। थोड़ी देर चलने के बाद सेनापति क्रिस ओलियो अचानक राजा जॉन लेपाक पर आक्रमण कर देता है, पहाड़ी रास्ता युद्ध भूमि में बदल जाता है, भयंकर मौत का खेल चलता है युद्ध का मैदान रक्त से लाल हो जाता है। राजा बहादुरी से राजद्रोही सेनापति क्रिस ओलियो का सामना करता है।

"धोखेबाज अपने ही राजा पर आक्रमण करता है इस राज्य में तेरा कोई स्थान नहीं है" राजा जॉन लेपाक कहता है।

"वह तो समय बताएगा महाराज कौन इस राज्य में रहता है" सेनापति व्यंग्य कसता है।

दोनों तरफ से भयंकर युद्ध होता है कई सैनिक वीरगति को प्राप्त हो जाते है इतने में यह बात प्रजा को पता चलती है वह अपने प्रिय राजा की रक्षा के लिए जो भी हथियार मिलता है लेकर चल पड़ते है। कुछ समय पश्चात यह सुचना महारानी को मिल जाती है। वह भी राजा से मिलने के लिए रण भूमि में आ जाती है। यह बात सेनापति क्रिस ओलियो को पता चल जाती है और वह धोखे

से महारानी की हत्या कर देता है | महारानी दल में हाहाकार मच जाता है | सब अपनी जान बचाकर भागते है | परन्तु राजा को इस बात का जरा सा भी अंदाजा नहीं है | इतने में प्रजा हथियार लेकर रण भूमि में पंहुच जाती हैं | इतनी संख्या में लोगों को आते देखकर सेनापति क्रिस ओलियो घबरा जाता है और युद्ध के मैदान से भागने लगता है | राजा जॉन लेपाक उसका पीछा करता है और मौका मिलते ही सेनापति क्रिस ओलियो का सिर धड़ से अलग कर देता है | सेनापति क्रिस ओलियो की मृत्यु के पश्चात उसकी सेना पीछे हट जाती है |

चित्र – राजा जॉन लेपाक और सेनापति क्रिस ओलियो के बीच युद्ध |

और राजा जॉन लेपाक अपने सैनिकों को आदेश देता है "इस धोखेबाज की यहीं सजा है इसको और इसके सैनिकों को इसी रण भूमि में दफ़न कर दो, किसी प्रकार का राजकीय सम्मान

नहीं मिलना चाहिए और अपने राजभक्त सैनिकों को राजमहल ले चलो इनका राजकीय सम्मान क साथ अंतिम संस्कार होगा |

राजा जॉन लेपाक के सैनिक सेनापति क्रिस ओलियो और उसके सैनिकों को वहीँ दफ़न कर देते है और साथ साथ महारानी के मृत शरीर को भी वहीँ दफ़न कर देते है | अभी तक राजा को महारानी के वध के बारें में कोई जानकारी नहीं है | वह अभी भी अपने कार्य को विस्मृत नहीं करता है, राजकवि अरेका और बचे हुए कुछ सैनिकों के साथ पहाड़ी पर जाने का निश्चय करता है और वे सब वहां से निकल पड़ते है | हताहत सैनिकों को वापस राजमहल जाने का आदेश देता है |

"महाराज शुक्र है ईश्वर का आप बच गये अभी इस राज्य को आपकी आवश्यकता है" राजकवि अरेका कहता है|

"इस धोखेबाज की यहीं सजा है इसको तो मृत्यु दंड मिलना निश्चित था परन्तु इस तरह मैंने सोचा नहीं था" राजा कहता है |

धीरे धीरे चलते हुए वे सब पहाड़ी पर चढ़ते है इतने में तेज तूफानी हवाएं चलने लगती है, आसमान काले बादलों से ढक जाता है, तेज बिजली कड़कने लगती है | वे सब घबरा जाते हैं परन्तु फिर भी आगे बढ़ते हैं कुछ देर बाद वे सब पहाड़ी की गुफा के द्वार पर पहुँच जाते हैं |

"राजवैद्य कैमोल क्या आप अन्दर है" राजकवि अरेका पूछता है|

"कौन है" अन्दर से आवाज आती है |

"महाराज जॉन लेपाक आपसे मिलने आये है" राजकवि अरेका कहता है |

"महाराज आप वहीँ ठहरो आपके राजमहल में किसी प्रेत आत्मा का साया है और वह आपके वंश को ख़त्म कर देगी" अन्दर से आवाज आती है |

"आपने आने में बहुत देर कर दी है, आपको बहुत पहले यहाँ आ जाना चाहिए था" राजवैद्य कैमोल अन्दर से ही बिना देखे सब बातें बोल देता है | धीरे धीरे राजवैद्य कैमोल डंडे के सहारे चलते हुए गुफा से बाहर आता है और तंत्र विद्या संपन्न जल के छींटे फेंकता है |

चित्र – राजवैद्य कैमोल गुफा में |

"वह प्रेत आत्मा जो आपके राजमहल में है उपसेनापति हेलेक्स की है, वह अपना बदला जरुर पूरा करेगी और इसके लिए वह सदियों सदियों इंतजार भी कर सकती है" राजवैद्य कैमोल कहता है |

"इसी कारण से हम आपके पास आये है, अब आप ही इस समस्या से मुक्ति दिलाये" राजा जॉन लेपाक कहता है और राजवैद्य कैमोल को झुककर प्रणाम करता है।

"इसका केवल एक ही उपाय है अभी वह राजदरबार के काले पत्थर में वास कर रहा है किसी भी प्रकार से मानवीय शरीर की अनुभूति नहीं होनी चाहिए। मानवीय शरीर की अनुभूति होते ही वह उसको अपने वश में कर लेगा और पुरे राजमहल में तबाही मचा देगा। परन्तु एक बात महाराज उसको कभी मारा नहीं जा सकता केवल उसकी प्रेत आत्मा को बंधक बनाया जा सकता है।

"वो कैसे राजवैद्य कैमोल" राजा जॉन लेपाक पूछता है।

"वह बड़ा कठिन रास्ता है महाराज" राजवैद्य कैमोल कहता है। आप बताइए।

"जब महाराज स्वयं की आत्मा उसको बंधक बनाने का प्रयास करेगी तब हेलेक्स की प्रेत आत्मा बंधक बनाई जा सकती है जो महाराज के जीवित रहते हुए यह संभव नहीं है" राजवैद्य कैमोल कहता है।

"अभी महाराज आपको सुरक्षित रहना है तो उस राजदरबार के काले पत्थर पर मानवीय शरीर की अनुभूति नहीं होनी चाहिए। यह ही आखिरी उपाय है जो आपको याद रखना होगा"

और राजवैद्य कैमोल राजा जॉन लेपाक को एक तंत्र विद्या संपन्न ताबीज देता है "महाराज आप इसको अपने बाजु पर बांध कर रखना यह आपकी रक्षा करेगा"

"ठीक है अब मेरी तंत्र विद्या का समय हो गया है आप यहाँ से जा सकते है" राजवैद्य कैमोल यह कहते हुए वापस गुफा में जाने लगता है।

राजा जॉन लेपाक, राजकवि अरेका और सैनिक राजवैद्य को प्रणाम करके वापस चलने की तैयारी करते हैं।

इतने में एक जोरदार आवाज सुनाई देती है "महाराज ठहरो, एक राज की बात तो रह गई" राजवैद्य कैमोल ऊँची आवाज में चिल्लाता है।

वे सब आवाज सुनकर रुकते हैं और वापस गुफा के द्वार पर पहुँचते हैं।

"क्या हुआ राजवैद्य कैमोल, कौनसी राज की बात" राजा जॉन लेपाक पूछता है।

"आज अमावस्या है और दन्त कथाओं के श्राप के अनुसार राजमहल के किसी भी सदस्य का आज के दिन वध होता है वह खतरनाक प्रेत आत्मा में बदल जाता है, परन्तु महाराज" बोलते बोलते राजवैद्य कैमोल रुक जाता है।

"परन्तु क्या राजवैद्य कैमोल" राजा जॉन लेपाक पूछता है।

"महाराज आपने तो आज के दिन सेनापति क्रिस ओलियो और उसके सैनिकों का वध किया है इसका मतलब वे सभी खतरनाक प्रेत आत्माओं में बदल जायेंगे और वो भी आज की काली रात में"।

"राजा आपने तो अपने वंश और राज्य के विनाश का बुलावा दे दिया है, वे प्रेत आत्माएं आपके राजमहल और राज्य को कभी

भी तहस नहस कर सकती है बच के रहना" राजवैद्य कैमोल कहता है |

"महाराज एक मुसीबत से बचने के लिए आये थे एक और मुसीबत को हमने उत्पन्न कर दिया, अब खतरा ही खतरा है" राजकवि अरेका कहता है |

अब राजा जॉन लेपाक की चिंता और बढ़ने लगी यह सोचते - सोचते राजा राजवैद्य कैमोल से विदा लेते है | रात के अँधेरे में वे सभी राजमहल पहुँचते हैं |

राजा जॉन लेपाक आते ही आपातकाल बैठक के लिए सभी मंत्रीगणों को राजदरबार में आने को बुलावा भिजवाता है |

इल्बिनी राजवंश के इतिहास में पहली बार रात के समय राजदरबार सजा हुआ है | सभी मत्री गण अपने अपने आसन पर विराजमान हैं |

राजा यह घोषणा करता है "इस समय आपके लिए यह बैठक आश्चर्य चकित कर सकती है परन्तु अति आवश्यक है" राजा कहता है "राजदरबार के इस गोलकार ज्यामिति के काले पत्थर के समीप कोई नहीं जायेगा | आज से राजमहल में कोई संगीत कार्यक्रम नहीं होगा जल्द ही हम इस काले पत्थर को एक जाली से बंद कर देंगे | राजदरबार का समय केवल सुबह ही होगा"

इतने में एक दासी दौड़ती हुई राजदरबार में प्रवेश करती है "महाराज .... महाराज माफ़ी चाहती हूँ एक बुरी खबर है महारानी ....

इतना बोलते ही राजा पूछता है "क्या हुआ महारानी को"

"महाराज जब आपके ऊपर आकस्मिक हमला हुआ था तो महारानी आपको देखने के लिए रणभूमि में आई थी और सेनापति क्रिस ओलियो ने धोखे से महारानी का वध कर दिया" दासी एक ही साँस में पूरी बात सुना देती है।

"यह क्या कह रही हो दासी महारानी को रणभूमि में आने को किसने आदेश दिया" राजा जॉन लेपाक गुस्से और आश्चर्य से पूछता है।

"महाराज महारानी ने स्वयं फैसला किया वो रणभूमि में जाएगी। वह तो केवल आपकी कुशलक्षेम पूछने आई थी परन्तु महारानी को यह पता नहीं था कि अगले ही क्षण उनके साथ क्या होने वाला है, क्षमा पार्थी महाराज" दासी रोते हुए कहती है।

राजा जॉन लेपाक राजदरबार को छोड़कर चले जाते है और सीधे अपने शयन कक्ष में जाते है। वहां महारानी के कुछ उपहार पड़े होते है राजा उनको हाथ में लेता है और महारानी की उपस्थिति महसूस करता है और वह एक गहरी उदासी में खो जाता है और सोचता है इसमें सारी गलती मेरी ही है मैंने क्यों नहीं उस धोखेबाज क्रिस ओलियो को सेनापति के पद से हटाया। उसके पहले अपराध पर यदि में उसको राज्य से बाहर निकाल देता तो शायद महारानी आज जीवित होती परन्तु हर बार मैं उसको क्षमा करता गया और आज मैं इस मोड़ पर आ गया कि उसके कारण मेरे पास अपना कोई नहीं"

यह सोचते सोचते राजा गहरी नींद में सो जाते है। कुछ दिन राजा जॉन लेपाक के लिए बड़े दुःख भरे गुजरते है इस दुःख से उभरने के लिए राजा पुनः राजदरबार में कार्यक्रम आयोजित करते है

और संगीतकारों, चित्रकारों और कलाकारों को आमंत्रित करते है |

इसी दौरान अनेक चित्रकारों ने राजा के चित्र बनाये और पूरा राजमहल राजा के चित्रों से भर गया परन्तु एक भी चित्र महारानी का नहीं था क्योंकि चित्रकारों ने महारानी को कभी देखा ही नहीं था |

मैक्स बोलता है "इसी कारण से जब हमनें पहली बार राजमहल में प्रवेश किया तब हमें महारानी का एक भी चित्र नहीं मिला था जो बहुत आश्चर्यजनक था | स्मिथ मैक्स की बात को स्वीकृति देता है और रॉस रॉशेल ग्रन्थ को आगे पढ़ते है |

चित्र – पुरे राजमहल में केवल राजा जॉन लेपाक के चित्र |

उस रात के बाद राजा का व्यवहार बदल गया, मौत उसके राजमहल में तांडव करने लगी, राज्य में अकाल पड़ने लगा, चारों और त्राहिमाम – त्राहिमाम होने लगा | राजा बीमार रहने लगे | राजमहल में एक उदासी छा गई, हर जगह लाशें चित्कार रही थी, हवाएं गुर्रा रही थी, राजमहल खून के आंसू रोने लगा | मौत ठहाके मारकर हंसने लगी |

कुछ दिन बाद राजा को बुरे सपने आने लगे और सपनों में प्रेत आत्माएं राजा के वंश के नाश का सन्देश देती | राजा का स्वास्थ्य गिरने लगा, किसी भी राजवैद्य के पास इसका कोई उपचार नहीं था | प्रेत आत्माएं बार बार कहती थी कि जब तक राजा के वंश का नाश नहीं कर देती वे शांति से नहीं बैठेगी और हर मौके का इंतजार करेगी |

"राजकवि अरेका हमें अभी वापस राजवैद्य कैमोल के पास जाना होगा" राजा जॉन लेपाक कहता है |

"महाराज सब ठीक तो है, परन्तु क्यों" राजकवि अरेका कहता है |

"यदि भविष्य में प्रेत आत्माएं आजाद हो गई तो हमें अपनी और प्रजा की रक्षा करनी होगी इसके लिए राजवैद्य कैमोल के पास कोई न कोई उपाय तो जरुर होगा, हमें चलना होगा" राजा जॉन लेपाक राजकवि अरेका को सुझाव देता है |

कुछ समय बाद राजा जॉन लेपाक, राजकवि अरेका और सैनिकों का एक दल वापस राजवैद्य कैमोल से मिलने उस पहाड़ी पर जाते है | इस बार राजा की चाल बहुत तेज थी वह जल्द से जल्द उसका उपाय चाहता था |

"जल्दी चलो राजकवि अरेका हमें रुकना नहीं है केवल चलते रहना है जब तक हम राजवैद्य कैमोल के पास पहुँच नहीं जाते है" राजा जॉन लेपाक कहता है उनकी आवाज में एक तीव्र कम्पन था |

"हाँ महाराज जैसी आपकी आज्ञा, मैं आपके दर्द को समझता हूँ आपने अपना पूरा राजपरिवार खो दिया है बचे है तो सिर्फ दुश्मन" राजकवि अरेका राजा जॉन लेपाक को सांत्वना देता है|

और तीव्र गति से चलते है कुछ देर बाद पुनः एक बार राजवैद्य कैमोल के द्वार पर |

गुफा के अन्दर से आवाज आती है "राजन आप इतना जल्दी वापस आ गये शायद आपने सब कुछ खो दिया है, वह प्रेत आत्मा सब कुछ ख़त्म कर देगी | इससे पहले हमें इसका उपाय खोजना होगा"

चित्र – राजवैद्य कैमोल |

यह बात सुनकर राजा जॉन लेपाक प्रसन्न हो जाता है |

"सही कहां राजवैद्य कैमोल आप इसी समस्या का उपाय खोजिए" राजा जॉन लेपाक कहता है |

"परन्तु राजा एक बात का ध्यान रखना | ये प्रेत आत्माएं हर जन्म में अपना बदला पूरा करेगी, जब तक आपको मार नहीं देती, ये आपके पीछे रहेगी | आप इस जन्म में तो बच जाओगे परन्तु अगले जन्म में भी आपको खोजते हुए आएगी | ये बड़ी क्रूर प्रेत आत्माएं है | आपको सतर्क रहना होगा | और जो भी उसके रास्ते में आयेगा, वे उसको भी ख़त्म कर देगी | मैं, राजकवि अरेका और महाराज आप सब |

इतना सुनते ही स्मिथ बोलता है "जैसे ही कब्रिस्तान से सेनापति क्रिस ओलियो की प्रेत आत्मा आजाद हुई | वह राजकवि अरेका की तलाश में गई और चर्च के पादरी की मृत्यु हुई | हो सकता है 600 वर्ष पहले का राजकवि अरेका वर्तमान में चर्च का मुख्य पादरी था और सेंट विलकिंसन का चिकित्सक 600 वर्ष पहले राजवैद्य कैमोल था जो उपसेनापति हेलेक्स द्वारा मारा गया | अब अगली बारी राजा जॉन लेपाक की है |

इतना सुनते ही सबको एक ही विचार आया हमें राजा जॉन लेपाक के गुणों वाले वर्तमान व्यक्ति को खोजना होगा और उसे बचाना होगा |

रॉस रॉशेल ग्रन्थ को आगे पढ़ता है उसमें राजवैद्य कैमोल कहता है "परन्तु महाराज एक बात है उसकी पहचान आसानी से होगी क्योंकि भविष्य में जो भी राजा जॉन लेपाक के गुणों के साथ जन्म लेगा उसके शरीर पर एक शाही प्रतीक चिन्ह बना हुआ होगा और वे प्रेत आत्माएं उस शाही प्रतीक वाले व्यक्ति को हर जन्म में राजा जॉन लेपाक का वध करने के लिए खोज करेंगे"

"कोई तो उपाय होगा राजवैद्य कैमोल" राजा जॉन लेपाक पूछता है |

"एक उपाय है उस क्रूर सेनापति क्रिस ओलियो की प्रेत आत्मा और उसके सैनिकों की प्रेत आत्माओं से बचने के लिए यदि हम क्रिस ओलियो की प्रेत आत्मा को मुक्ति दे देते है तो वह इस लोक को छोड़कर चली जाएगी और साथ ही उसके सैनिकों की आत्माएं भी स्वतः ही मुक्त हो जाएगी क्योंकि वो सब उसकी गुलाम है" राजवैद्य कैमोल कहता है |

"आप उपाय बताइए राजवैद्य कैमोल" राजकवि अरेका पूछता है|

"यदि भविष्य में कोई व्यक्ति सेनापति क्रिस ओलियो की कब्र को खोदता है तो सेनापति क्रिस ओलियो की प्रेत आत्मा आजाद हो जाएगी और वह सबसे पहले राजा जॉन लेपाक के गुणों और शाही प्रतीक चिन्ह को धारण करने वाले व्यक्ति को मारने जाएगी"

"इसके लिए सबसे पहले हमें उसकी कब्र से उसकी अस्थियों को बाहर निकालना होगा फिर उसे एक शाही कपड़े में लपेट कर उस पर पवित्र जल का छिड़काव करना होगा | इससे उस शैतानी प्रेत आत्मा की कुछ शक्ति कम हो जाएगी परन्तु ध्यान रहे उसकी एक भी अस्थि पीछे नहीं रहे यदि गलती से भी उसकी कोई भी अस्थि पीछे रह गई तो उसके अधूरे अंतिम संस्कार के कारण वो हमेशा के लिए यहाँ भटकती रहेगी और विनाश लेकर आएगी | हमें उस प्रेत आत्मा को इस संसार से मुक्त कराना है | ताकि राजमहल और उसकी प्रजा पर कोई संकट नहीं आये"

"उसकी सभी अस्थियों को लाल कपड़े में बांधकर उसके चारों तरफ एक हवन का आयोजन करना होगा और उसकी आत्मा को वहां बुलाना होगा | यदि ऐसा हो जाता है तो उसके सामने ही उसकी एक एक अस्थि को हवन कुंड में आहुति दे देना जिससे उस क्रिस ओलियो की शैतानी प्रेत आत्मा को मुक्ति मिल जाएगी और उसके साथ उसके सैनिकों को भी मुक्ति मिल जाएगी | और राजमहल उसके भय से मुक्त हो जायेगा" यहीं अंतिम उपाय है राजवैद्य कैमोल कहता है |

"ठीक है राजवैद्य कैमोल आपका बहुत बहुत धन्यवाद" राजा जॉन लेपाक कहता है |

"परन्तु ध्यान रहे यह हवन पूर्णिमा की रात को होना चाहिए क्योंकि चन्द्र शक्ति से प्रेत आत्माओं की शक्ति कम हो जाती है और इतना कहते ही राजवैद्य कैमोल की सांसे बन्द हो जाती है और वे जमीन पर गिर जाते है |

"राजवैद्य कैमोल आपको क्या हुआ आप ठीक तो है" राजकवि अरेका पूछता है |

राजा जॉन लेपाक उनकी नब्ज जांचते है "राजवैद्य कैमोल नहीं रहे" राजा जॉन लेपाक कहते है |

राजकवि अरेका और उसके सैनिक मिलकर राजवैद्य कैमोल का वहीँ पर अंतिम संस्कार कर देते है और उनकी आत्मा की मुक्ति की प्रार्थना करते है |

उसके बाद वे सब राजमहल लौट आते हैं | अगले दिन राजा जॉन लेपाक यह घोषणा करता है कि उस रणभूमि के आस पास कोई नहीं जायेगा जल्द से जल्द उसको चारों तरफ से बंद कर

दिया जाये और जो कोई भी उसके नजदीक जायेगा और उन कब्रों को खोदने की कोशिश करेगा वह मृत्यु दंड का भागी होगा"

महाराज के आदेश का पालन होता है और उस कब्रगाह को चारों तरफ से बंद कर दिया जाता है | कुछ समय तक चिंतित रहने के बाद राजा जॉन लेपाक अपने राजकीय कार्यों में व्यस्त हो जाता है परन्तु उसे अपने परिवार और मंत्रियों की चिंता सताती है और एक दिन जब एक सैनिक महाराज को बुलाने के लिए उनके शयन कक्ष में प्रवेश करता है तो वह देखता है की महाराज अपने शयन कक्ष में असहाय पड़े हुए है | वह जल्दी से भागकर मुख्य मंत्रियों और अन्य मंत्रियों को बुलाकर लाता है साथ में वैद्य भी आते है | वे सब महाराज की नब्ज जांचते हैं और घोषणा करते है कि महाराज नहीं रहे शायद महाराज किसी रहस्यमय गंभीर समस्या के कारण चल बसे | पुरे राज्य में शौक की लहर छा जाती है और उसकी पूरी प्रजा गर्म में डूब जाती हैं|

"हमारें प्यारे महाराज नहीं रहे" प्रजा में से एक बोलता है |

फिर उनको पुरे राजकीय सम्मान के साथ उनकी इच्छा के अनुसार राजसिंहासन के सामने दफना दिया जाता है | इस प्रकार इल्बिनी राजवंश के एक बहादुर और प्रजापालक राजा का देवलोकगमन हो जाता है |

रॉस रॉशेल ग्रन्थ को पूरा पढ़कर सुना देता है और कहता है हमें अब उस सेनापति क्रिस ओलियो की अस्थियों को कब्रिस्तान से लाना होगा परन्तु उससे पहले हमें यह पता लगाना चाहिए कि वह शाही प्रतीक किस व्यक्ति के शरीर पर है और किसने राजा जॉन लेपाक के गुणों के साथ जन्म लिया है |

शैतानी प्रेत आत्मा की मुक्ति

अगले दिन सुबह रॉस रॉशेल, स्मिथ,मैक्स और लूसिफर शहर के कब्रिस्तान में पहुँचते हैं और बड़ी सावधानी से सेनापति क्रिस ओलियो की कब्र से अस्थियों को चुनना प्रारम्भ करते है और उन अस्थियों को एक शाही लाल कपड़े में जमा करते है | बड़ी सावधानी रखते हुए पुरे शरीर की अस्थियों को जमा कर लेते है|

जब स्मिथ उन अस्थियों को घोर से देखता है तो जोर से चीख पड़ता है "इसमें तो क्रिस ओलियो के पैर का एक अंगूठा गायब है"

"यह क्या कह रहे हो स्मिथ" मैक्स डरते हुए कहता है |

"ऐसा कैसे हो सकता है पूरा अस्थियों का कंकाल एक साथ ही होगा" लूसिफर कहती है |

"कुछ तो अजीब है, एक बार वापस देखो" रॉस रॉशेल कहता है|

"एक अंगूठा गायब है रॉस रॉशेल साहब" स्मिथ कहता है | तो फिर हमारी विधि कैसे पूरी होगी वह सेनापति क्रिस ओलियो की शैतानी प्रेत आत्मा राजा जॉन लेपाक के गुणों वाले व्यक्ति को मार डालेगी और एक मासूम की जान चली जाएगी" स्मिथ कहता है |

"हमें इसका समाधान खोजना होगा कोई तो रहस्य जरुर है, हे ईश्वर कोई तो संकेत दो, एक इशारा जिससे हम इस शैतानी प्रेत आत्मा के शरीर को पूरा कर सके"

अचानक तेज आंधी और हवाएं चलने लगती है, आसमान में काले और घनघोर काले बादल छाने लगते है, पक्षियों के रोने की आवाज और आसमान काला हो जाता है |

इतने में एक आदमी दौड़ता हुआ आता है और कहता है इसमें से रॉस रॉशेल कौन है उनके लिए एक सन्देश है |

रॉस रॉशेल अपना हाथ ऊपर उठाता है और देखते ही देखते वह आदमी इल्बिनी राजवंश के एक सैनिक में बदल जाता है |

"कौन हो तुम" रॉस रॉशेल पूछता है |

"मैं राजा जॉन लेपाक का अंगरक्षक हूँ राजा ने एक सन्देश देकर मुझे यहाँ भेजा है" वह सैनिक कहता है |

"क्या है वह सन्देश सुनाओ" रॉस रॉशेल आगे आते हुए कहता है|

"जब हमारे महाराज और उस सेनापति क्रिस ओलियो के बीच युद्ध चला रहा था तब हमारे महाराज ने सेनापति क्रिस ओलियो के एक पैर का अंगूठा काट दिया था और वह कटा हुआ अंगूठा वहीं रणभूमि में पड़ा रहा | जब महाराज ने आदेश दिया उनको वहीं दफ़न करने का तब मैंने वहा अंगूठा महारानी के कब्र में गाड़ दिया था, शायद वह कटा हुआ अंगूठा महारानी के कब्र में मिलेगा"

इतना कहते ही वह सैनिक रॉस रॉशेल से वह शाही मुद्रा मांगता है | रॉस रॉशेल वह शाही मुद्रा उसे दे देता है और मुद्रा लेते ही वह सैनिक वहां से गायब हो जाता है |

आसमान साफ हो जाता है जैसे कुछ हुआ ही नहीं |

रॉस रॉशेल कहता है "शायद राजा जॉन लेपाक जानता था वह शाही मुद्रा उस गुप्तचर सैनिक की मजदूरी होगी इसलिए राजा ने हमें दिया था"

"अब पहले हमें महारानी की कब्र खोजनी होगी" स्मिथ कहता है।

"रॉस रॉशेल साहब आपने बताया था कि एक शाही प्रतीक केवल राजा और रानी को मिलता था हमें उसकी खोज करनी चाहिए" लूसिफर कहती है।

थोड़ी देर खोजने के बाद उन्हें महारानी की कब्र मिल जाती है।

"देखो स्मिथ यह रही महारानी की कब्र इस पर वह शाही प्रतीक भी है" मैक्स उत्साह से कहता है।

"अब हमें इसको खोदना प्रारम्भ करना चाहिए" स्मिथ कहता है।

"ठहरो क्या तुम भूल गये यह युद्ध अमावस्या के दिन हुआ था और जब कब्रों को मानवीय अनुभूति मिल जाएगी तो ये प्रेत आत्माएं आजाद हो जाएगी" रॉस रॉशेल कहता है।

"तो क्या महारानी भी प्रेत आत्मा में बदल जाएगी" लूसिफर डरती हुई पूछती है।

"हो सकता है" रॉस रॉशेल कहता है।

"परन्तु उसका बदला तो सेनापति क्रिस ओलियो से होगा क्योंकि उसने ही उसका वध किया था" स्मिथ कहता है।

"हमें सावधानी से काम लेना होगा एक गलत कदम और हम सब ख़त्म"

"हमें सोच समझकर फैसला लेना होगा यह काम दिन के उजाले में नहीं हो सकता हमें रात का सहारा लेना होगा" रॉस रॉशेल कहता है |

और वे सब रात का इंतजार करने के लिए एक स्थान पर बैठ जाते हैं | इतने में उन्हें एक खबर मिलती है इस शहर के सबसे धनवान व्यक्ति कोलोडो अनाथ आश्रम के मालिक रिचर्ड क्लासेन के घर पर अजीब घटनाएँ हो रही है | उसके अनाथ आश्रम के बच्चें अजीब बीमारी की चपेट में हैं | रात को अजीब – अजीब सी आवाज निकालते है | पुरे अनाथ आश्रम का माहौल भयाक्रांत हो गया हैं |

"ऐसा तो नहीं है की रिचर्ड क्लासेन या उनके अनाथ आश्रम का कोई बच्चा राजा जॉन लेपाक के शाही प्रतीक और उनके गुणों को धारण किये हुए हो" स्मिथ आश्चर्य से कहता है |

"हो सकता है हमें पता करना चाहिए" लूसिफर कहती है |

"यदि ऐसा होता तो सेनापति क्रिस ओलियो की शैतानी प्रेत आत्मा उन्हें कब का ख़त्म कर देती क्योंकि उस प्रेत आत्मा को राजा जॉन लेपाक का वर्तमान रूप मिल चूका है | फिर वह ऐसा क्यों नहीं कर रही है कोई तो राज है" रॉस रॉशेल तर्क देता है |

"शायद उसको वह शाही प्रतीक वाला व्यक्ति या बच्चा नहीं मिला हो इसलिए" मैक्स कहता है |

"हे परमपिता परमेश्वर उन बच्चों और रिचर्ड क्लासेन की रक्षा करना वह कितना भला व्यक्ति है" रॉस रॉशेल प्रार्थना करता है|

"परन्तु पहलें हमें उस सेनापति क्रिस ओलियो के पैर के अंगूठे की अस्थि महारानी की कब्र से निकालनी होगी बड़ी सावधानी से"

रात के ग्यारह बजे का समय वे सब महारानी के कब्र को खोदना शुरू करते है थोड़ी देर बाद महारानी की कब्र को मानवीय शरीर की अनुभूति होती है और उसकी प्रेत आत्मा आजाद हो जाती है| आजाद होते ही महारानी की प्रेत आत्मा सेनापति क्रिस ओलियो की प्रेत आत्मा को खोजने के लिए चली जाती है |

चित्र – महारानी की प्रेत आत्मा कब्र से आजाद होती हुई |

वे रात भर महारानी की कब्र को खोदकर सेनापति क्रिस ओलियो के पैर के अंगूठे को खोज लेते हैं |

"मिल गया देखो यह रहा, जो अकेला पड़ा है" स्मिथ ख़ुशी से चिल्लाता है |

'आख़िरकार मिल गया, पूरी रात हो गई है हमें खोदते - खोदते" लूसिफर कहती है |

रॉस रॉशेल उस अंगूठे की अस्थि को उठाकर शाही लाल कपड़े में रख देता है। "अब यह सेनापति क्रिस ओलियो का शरीर पूरा हो गया है हमें अब आगे की विधि करनी चाहिए" शाही लाल कपड़े को उठाते हुए रॉस रॉशेल कहता है और फिर सभी कब्रिस्तान से प्रस्थान करते है।

सुबह पांच बजे का समय वे सभी वहां से कोलोडो अनाथ आश्रम के मालिक रिचर्ड क्लासेन के घर पर पहुँचते हैं, उन अस्थियों को लेकर।

"श्रीमान रिचर्ड क्लासेन क्या आप अन्दर है" स्मिथ पूछता है। घर के अन्दर से कोई आवाज नहीं आती है।

"शायद वे सब अनाथ आश्रम में होंगे" मैक्स कहता है।

"ठीक है फिर वहीं चलते है" लूसिफर चलने का इशारा करते कहती है।

वे सब वहां से सीधे अनाथ आश्रम पहुँचते हैं। वहां का नजारा देखकर उनके होश उड़ जाते हैं। यह सब क्या हो रहा है। अनाथ आश्रम के सभी बच्चें किसी गम्भीर शारीरिक बीमारी से ग्रसित हैं।

"शायद यह सेनापति किस ओलियो की शैतानी प्रेत आत्मा का असर है परन्तु वह अंदर प्रवेश नहीं कर पा रही है, कोई तो शक्ति है जो उस शैतानी प्रेत आत्मा को अंदर प्रवेश करने को रोक रही है" रॉस रॉशेल आश्चर्य से कहता है।

वे सब दौड़ते हुए उन बच्चों के पास पहुँचते हैं परन्तु रिचर्ड क्लासेन कहीं नजर नहीं आ रहे है। वे सब अंदर वाले कक्ष में

प्रवेश करते हैं | रिचर्ड क्लासेन और उनकी पत्नी डरे हुए हालत में एक कोने में बैठे है |

अर्द्धनग्र अवस्था में रिचर्ड क्लासेन तीव्र ज्वर से तड़प रहे है |

"आप ठीक तो है श्रीमान रिचर्ड क्लासेन" यह कहते हुए रॉस रॉशेल उनके नजदीक आता है |

"आपको हिम्मत रखनी होगी आपको कुछ नहीं होगा | यह सब इल्बिनी राजवंश के सेनापति क्रिस ओलियो की शैतानी प्रेत आत्मा कर रही है | जो राजा जॉन लेपाक के वंश को समाप्त करना चाहती है और शायद राजा जॉन लेपाक के गुणों से संबधित व्यक्ति यहीं कहीं है और जिसके शरीर पर शाही प्रतीक चिन्ह भी है" रॉस रॉशेल रिचर्ड क्लासेन को समझाता है |

"इल्बिनी राजवंश के सेनापति क्रिस ओलियो की प्रेत आत्मा वह यहाँ क्या कर रही है | वह राजा जॉन लेपाक तो आज से 600 वर्ष पूर्व हुआ था और वह तो बड़ा ही प्रजापालक और कर्तव्यनिष्ठ राजा था फिर ऐसा क्यों" रिचर्ड क्लासेन रॉस रॉशेल से पूछता है|

"राजसिंहासन को पाने की लालच में और इल्बिनी राजवंश को समाप्त करने के लिए वह प्रत्येक अगली पीढ़ी में राजा जॉन लेपाक के गुणों वाले और शाही प्रतीक चिन्ह धारण करने वाले व्यक्ति इंतजार कर रहा है | और इस समय वह अपनी कब्र से आजाद हो गया है | और राजा जॉन लेपाक को मारकर वह अपने वंश की स्थापना करेगा" रॉस रॉशेल कहता है |

रिचर्ड क्लासेन अपना हाथ आगे करता है और कहता है "हमें बचा लो रॉस रॉशेल"

"हम आपको ही बचाने आये हैं परन्तु हमें पहले राजा जॉन लेपाक के गुणों और शाही प्रतीक चिन्ह को धारण करने वाले व्यक्ति को खोजना होगा" रॉस रॉशेल कहता है |

इतने रॉस रॉशेल की नजर रिचर्ड क्लासेन की दायें हाथ की कोहनी के ऊपर बाँह पर पड़ती है और वहां पर उसे इल्बिनी राजवंश के शाही प्रतीक जैसा कुछ नजर आता है |

"आप अपना हाथ सीधा करना रिचर्ड क्लासेन महोदय" रॉस रॉशेल कहता है और देखकर वह चौंक जाता है और थोड़ा पीछे की ओर सरक जाता है |

"हे परमपिता परमेश्वर रक्षा करना, श्रीमान रिचर्ड क्लासेन आप ही इल्बिनी राजवंश के राजा जॉन लेपाक के गुण धारक है और वह सेनापति क्रिस ओलियो की प्रेत आत्मा आपको खोजते हुए ही यहाँ पर आई है | आपका यह शाही प्रतीक कब से है" रॉस रॉशेल पूछता है |

"यह प्रतीक तो जन्म से है | पादरी ने कहां था यह बहुत शुभ है | यह बच्चा बड़ा होकर बहुत नेक और भलाई के कार्य करेगा और बहुत महान व्यक्ति बनेगा" रिचर्ड क्लासेन कहता है |

"वह सब जो पादरी ने कहां, सब सच हुआ क्योंकि आप ही महाराजा जॉन लेपाक के गुणों को धारण करने वाले व्यक्ति है | राजा जॉन लेपाक प्रजापालक और कर्तव्यनिष्ठ राजा थे और वे सभी कार्य आपने भी किये | अनाथ बच्चों की भलाई के लिए और उनकी रक्षा के लिए अनाथ आश्रम खोलकर यह सब राजा जॉन लेपाक के गुण आप में आ गये | और राजा जॉन लेपाक की

आत्मा आज भी राजमहल में मौजूद है परन्तु उनके गुण आपके पास है" रॉस रॉशेल कहता है |

रॉस रॉशेल पूरी कहानी समझ जाता है परन्तु मुझे एक बात समझ नहीं आ रही है रिचर्ड क्लासेन यह प्रेत आत्मा आपके आश्रम के अंदर प्रवेश क्यों नहीं कर पा रही है" रॉस रॉशेल पूछता है |

"बात आज से 18 वर्ष पहले की है जब एक बच्चा यहाँ पर अनाथ आश्रम में रहने आया था वह लगभग 4 वर्ष का होगा उसके आने के कुछ दिन बाद ही अनाथ आश्रम में अजीबो गरीब घटनाएँ होने लगी | बच्चें बीमार रहने लगे और वह बच्चा पुरे दिन एक ही अवस्था में पड़ा रहता था | शायद किसी ने उसकी चंचलता को रोक दिया था |

एक दिन सुबह जब में अनाथ आश्रम गया तो वहाँ देखा वह बच्चा खून की उल्टियाँ कर रहा था मैंने तुरंत उसको अस्पताल में लेकर गया | चिकित्सक ने उसका इलाज किया और वापस अनाथ आश्रम भेज दिया | परन्तु इससे उसकी हालत में कोई फर्क नहीं हुआ | उसके बाद वह उदास रहने लगा | कभी कभी उसका शरीर पूरा नीला पड़ जाता इसको देखकर आश्रम के बच्चें डर जाते है |

एक दिन की बात है चर्च के मुख्य पादरी वहां से गुजर रहे थे उन्हें अनाथ आश्रम के बाहर एक अजीब सी नकारात्मक शक्तियां महसूस हुई | वे अनाथ आश्रम के अंदर आना चाहते थे परन्तु उनके कदम रुक गये लेकिन जैसे ही मुझे पता चला चर्च के मुख्य पादरी आश्रम के बाहर है मैं उनको अन्दर लाने के लिए

बाहर आया और उनसे विनती की कि एक बार समस्या को देखे और उसका समाधान निकाले | फिर मैं उनको अन्दर ले आया|

मुख्य पादरी के अंदर आते ही वह बच्चा घबरा गया और उसमे छिपी प्रेत आत्मा पूरी तरह उस पर हावी हो गई और वह मुख्य पादरी को मारने के लिए उन पर झपट पड़ी | परन्तु मुख्य पादरी की सकारात्मक शक्तियों ने उसे वहीं रोक दिया और वह प्रेत आत्मा उन शक्तियों के जाल में कैद हो गयी |

यह सब दृश्य देखकर हम सब चौंक गये इस बच्चे के साथ यह क्या हो रहा है | उसके बाद मुख्य पादरी ने हमें बताया "इस बच्चे पर किसी शैतानी प्रेत आत्मा का साया है जो उसको बुरे कामों के लिए उकसा रही है | हमें इसको मुक्ति दिलानी होगी"

चित्र – 4 वर्ष के स्मिथ के शरीर में प्रेत आत्मा |

उसके बाद मुख्य पादरी ने एक हवन का आयोजन किया और उस शैतानी प्रेत आत्मा को मुक्ति दिलाई | और उसके बाद इस अनाथ आश्रम के बच्चों की रक्षा के लिए मुख्य पादरी ने पुरे अनाथ आश्रम को अपनी तंत्र विद्या शक्ति से पवित्र कर दिया

कुछ दिन बाद वह बच्चा पूरी तरह ठीक हो गया और अपने बचपन की मस्ती में झूम उठा।

"शायद इसी 18 वर्ष पूर्व हुई तंत्र विद्या की शक्ति के कारण सेनापति क्रिस ओलियो की प्रेत आत्मा आप तक पहुँच नहीं सकी। लेकिन शैतानी प्रेत आत्मा का असर इन बच्चों पर जरुर हुआ है" रॉस रॉशेल कहता है।

"हाँ इसकी यहीं वजह है इसीलिए मैं अभी तक सुरक्षित हूँ" रिचर्ड क्लासेन आह भरते हुए कहता है।

"शुक्र है उस महान व्यक्ति का जिसने इस अनाथ आश्रम को पवित्र कर दिया" रॉस रॉशेल कहता है।

"क्या आप जानते हो वह बच्चा कौन है रॉस रॉशेल साहब" रिचर्ड क्लासेन पूछता है।

"नहीं कौन है वह बच्चा" रॉस रॉशेल जवाब देता है।

"यहीं अपना स्मिथ जो आज से 18 वर्ष पहले इस अनाथ आश्रम में आया था और अपना बचपन गुजारा था" रिचर्ड क्लासेन कहता है।

यह बात सुनकर सभी चौंक जाते है। "अब दूसरी बार तुम्हारी जान किसी प्रेत आत्मा के कब्जे में थी। शुक्र है ईश्वर का स्मिथ तुम बच गये। परमपिता परमेश्वर हमें कुछ नहीं होने देगा" रॉस रॉशेल ईश्वर का धन्यवाद करते हुए कहता है।

"हमें इस शैतानी प्रेत आत्मा को ख़त्म करने के लिए जल्द से जल्द हवन की तैयारी करनी चाहिए और हवन इस अनाथ आश्रम के आँगन में होगा। यहीं सहीं है" रॉस रॉशेल कहता है।

"स्मिथ, मैक्स जल्दी से हवन की सामग्री इकट्ठा करो और यहाँ तक पहुँचाओ | यह प्रेत आत्मा इतनी ताकतवर है कि मुख्य पादरी के पवित्र बंधन को काट सकती है |

थोड़ी देर बाद हवन की तैयारी हो जाती है | उस शाही ग्रन्थ में बताई गई विधि के अनुसार रॉस रॉशेल हवन को प्रारम्भ करते है |

इतने में बाहर से चिल्लाने की आवाज आती है | स्मिथ, मैक्स और लूसिफर दौड़ कर जाने की कोशिश करते है |

"ठहरो यह आवाज केवल हमें हवन से भटकाने के लिए है, इस पर ध्यान मत दो" रॉस रॉशेल उन्हें रोकते हुए कहता है |

"सेनापति क्रिस ओलियो की शैतानी प्रेत आत्मा नहीं चाहती की यह हवन सम्पन्न हो, आज पूर्णिमा है हमें हर हालत में यह हवन सम्पन्न करना है" रॉस रॉशेल कहता है |

कुछ देर बाद शैतानी प्रेत आत्मा की शक्तियों से अचानक बारिश होने लगती है | हवन की अग्नि बुझने लगती है |

"यह सब उस शैतानी प्रेत आत्मा की बुरी शक्तियों के कारण हो रहा है | हमें हवन की अग्नि को बचाना होगा" रॉस रॉशेल कहता है | हवन में धीरे - धीरे आहुति देता है और हवन की अग्नि को जीवित करने का प्रयास करता है | उसके बाद सेनापति क्रिस ओलियो की अस्थियों को एक एक करके हवन में आहूत करता है |

"ईश्वरीय शक्ति हमारे साथ है इस हवन को सम्पन्न होने से कोई नहीं रोक सकता" रिचर्ड क्लासेन कुछ उत्साह से कहते है |

परमपिता परमेश्वर उनकी प्रार्थना सुन लेता है और बारिश रुक जाती है अब हवन की अग्नि तेज लपटों के साथ जल रही है |

रॉस रॉशेल धीरे – धीरे सेनापति क्रिस ओलियो के पुरे शरीर की अस्थियों की हवन में आहुति दे देता है | अब केवल अंगूठे की अस्थि बची है |

इतने में सेनापति क्रिस ओलियो की शैतानी प्रेत आत्मा मुख्य पादरी के पवित्र बंधन को तोड़ देती है और सीधे अनाथ आश्रम के अंदर प्रवेश करती है | प्रवेश करते ही पूरा अनाथ आश्रम खण्डहर में तब्दील हो जाता है |

और क्रिस ओलियो की प्रेत आत्मा राजा जॉन लेपाक के गुण धारक रिचर्ड क्लासेन के पास पहुँचती है |

चित्र – क्रिस ओलियो की प्रेत आत्मा अनाथ आश्रम में प्रवेश करती हुई |

"एक बार तो मैं तुम्हें मारने से चुक गया महाराज जॉन लेपाक परन्तु इस बार नहीं मैं तुम्हारें वंश के नाश के इंतजार में 600 वर्षों तक कब्रिस्तान में कैद रहा। हर रोज कब्र में तड़पता रहा। मुझे जीवित रहते हुए राज्य पर शासन करना था परन्तु महाराज तुम्हारी अच्छाई ने मुझे यह नहीं करने दिया, तुम्हारी प्रजा तुम्हारे साथ थी पर अब कोई नहीं है। महाराज अब आपकी मृत्यु निश्चित है।

इतना कहते ही सेनापति क्रिस ओलियो की प्रेत आत्मा रिचर्ड क्लासेन को हवा में उठा देता है और उसके शरीर को मोड़ना शुरू करता है। इतने में रॉस रॉशेल क्रिस ओलियो के अंगूठे की अस्थि की भी हवन में आहुति दे देता है। आहुति देते ही सेनापति क्रिस ओलियो की प्रेत आत्मा कमजोर पड़ने लगती है और वह रिचर्ड क्लासेन को छोड़ देती है।

चित्र – रॉस रॉशेल अनाथ आश्रम के आँगन में हवन करते हुए।

सेनापति क्रिस ओलियो की प्रेत आत्मा को मुक्ति मिल जाती है और वह अनंत आकाश में विलीन हो जाती है |

चित्र – सेनापति क्रिस ओलियो की शैतानी प्रेत आत्मा मृत्युलोक से मुक्त होती हुई |

रॉस रॉशेल हवन को सम्पन्न करता है और परमपिता परमेश्वर का धन्यवाद देता है | "हे परमपिता परमेश्वर आप महान है, आप ही सबके रक्षक है"

स्मिथ, मैक्स और लूसिफर भागते हुए अन्दर कक्ष में जाते हैं और रिचर्ड क्लासेन को सँभालते है |

"आप ठीक तो है क्लासेन महोदय" स्मिथ पूछता है | कुछ देर बाद रिचर्ड क्लासेन पूरी तरह ठीक हो जाते है |

और सभी सैनिकों की प्रेत आत्माएं भी मुक्त हो जाती है | सेनापति क्रिस ओलियो की प्रेत आत्मा सभी सैनिकों की प्रेत आत्माओं को खींच कर अपने साथ अनंत आकाश में ले जाती है|

चित्र – क्रिस ओलियो के सैनिकों की प्रेत आत्माएं मुक्त होती हुई|

अनाथ आश्रम के सभी बच्चें अपनी शारीरिक पीड़ा से मुक्त हो जाते हैं और कोलोडो अनाथ आश्रम एक बार फिर खुशियों से भर जाता हैं | बच्चों की किलकारियों से कोलोडो अनाथ आश्रम महक उठता है |

रिचर्ड क्लासेन रॉस रॉशेल का शुक्रिया अदा करता है "आज आप नहीं होते तो इस अनाथ आश्रम को बर्बाद होने से कोई नहीं रोक सकता था | आप एक फ़रिश्ता है"

"यह सब परमपिता परमेश्वर की योजना के अनुसार हुआ है और यह तय था कि सेनापति क्रिस ओलियो की प्रेत आत्मा को मुक्ति हमारे द्वारा ही मिलेगी | आप परमपिता परमेश्वर का धन्यवाद कीजिये" रॉस रॉशेल कहता है | और स्मिथ ईश्वर को शुक्रिया अदा करते है|

चित्र - स्मिथ ईश्वर को शुक्रिया अदा करते हुए |

परन्तु महारानी की प्रेत आत्मा को मुक्ति नहीं मिली है वह अभी भी मुक्त आकाश में भटक रही है | अचानक महारानी की प्रेत आत्मा रॉस रॉशेल के सामने प्रकट होती है और कहती है "मुझे क्यों आजाद किया"

"आपका इंतजार महाराज जॉन लेपाक राजमहल में कर रहे है आप राजमहल लौट जाये" रॉस रॉशेल महारानी की प्रेत आत्मा को कहता है |

इतना सुनते ही महारानी की प्रेत आत्मा प्रसन्न हो जाती है | "मेरे स्वामी राजमहल में" और वह उड़ते हुए राजमहल की ओर चली जाती है |

20 वर्ष बाद राजमहल में एक दिन अचानक जिस कांच के जार में उपसेनापति हेलेक्स की प्रेत आत्मा कैद थी वह कांच का जार टूट जाता है और हेलेक्स की प्रेत आत्मा आजाद हो जाती है |

चित्र – हेलेक्स की प्रेत आत्मा आजाद होती हुई | **जारी है ----**